西南联大诗词课

青少版

闻一多 等著

图书在版编目（CIP）数据

西南联大诗词课：青少版 / 闻一多等著. —成都：天地出版社，2024.7
ISBN 978-7-5455-8026-6

Ⅰ.①西… Ⅱ.①闻… Ⅲ.①诗词—诗歌欣赏—中国—青少年读物 Ⅳ.①I207.2-49

中国国家版本馆CIP数据核字（2023）第205287号

XINANLIANDA SHICIKE QINGSHAOBAN

西南联大诗词课（青少版）

出 品 人	杨　政
作　　者	闻一多　等
责任编辑	杨永龙　曹志杰
封面设计	TT Studio 谈天
内文排版	谢　彬
责任印制	王学锋
出版发行	天地出版社 （成都市锦江区三色路238号 邮政编码：610023） （北京市方庄芳群园3区3号 邮政编码：100078）
网　　址	http://www.tiandiph.com
电子邮箱	tianditg@163.com
经　　销	新华文轩出版传媒股份有限公司
印　　刷	玖龙（天津）印刷有限公司
版　　次	2024年7月第1版
印　　次	2024年7月第1次印刷
开　　本	710mm×1000mm　1/16
印　　张	13.5
字　　数	218千字
定　　价	42.00元
书　　号	ISBN 978-7-5455-8026-6

版权所有◆违者必究

咨询电话：（028）86361282（总编室）
购书热线：（010）67693207（营销中心）

如有印装错误，请与本社联系调换。

编者的话

西南联大只存在了八年时间,却培育了两位诺贝尔奖得主、五位中国国家最高科技奖得主、八位"两弹一星"功勋奖章得主、一百七十多位中国科学院院士和中国工程院院士。这是中国教育史上的传奇。传奇的缔造并非偶然,而是源于强大的师资力量和自由的教学风气。

西南联大成立之时,虽然物资短缺,没有教室、宿舍、办公楼,但是有大师云集。闻一多、朱自清、张荫麟、罗庸等大师用他们富足的精神、自由的灵魂、独特的人格魅力以及深厚的学识修养,为富有求知欲、好奇心的莘莘学子奉上了凝聚着自己心血的课程。

闻一多的唐诗课、张荫麟的历史课、朱自清的文学课……无一不在民族危难的关头闪耀着智慧的光芒,照亮了求知学子前行的道路,为文化的继承保存下了一颗颗小小的种子,也为民族的复兴带来了希望。

时代远去,我们无能为力;大师远去,我们却可以把他们留下的精神和文化财富以文字的形式永久留存。这既是大师们留下的宝贵财富,也是我们应该一直继承下去的文化宝藏。

为此,2020年编者特别策划了"西南联大通识课"丛书,从文学、国史、哲学、诗词、文化、古文、国学等七个方面展现西南联大的教育精神和大师风貌,以及中华民族的文化与思想特点。出版之后,"西南联大通识课"丛书受到社会各界读者的好评。还有很多读者认为这套丛书的内容十分适合用来培养青少年的国学修养,可以帮助青少年深入接触、了解和传承中华优秀传统文化。为此,编者特意在"西南联大通识课"丛书的基础上，策划了"西南联大通识课（青少版）"丛书，致力于让青少年读者无壁垒接触西南联大通识课程，感受大师们的智慧，感悟传统文化的魅力。

"西南联大通识课（青少版）"丛书精选"西南联大通识课"丛书中更贴合青少年学习的古典文学、诗词、国史等方面的内容，通过旁批的形式进行注释，所注内容包括但不限于生僻字注音、解释，古汉语解释，文言文翻译，文学常识，文史知识，编者勘误等内容；又增加了"延展阅读"版块，拓展相关阅读，帮助青少年读者将知识融会贯通。

本书讲"诗词课"。所选的各篇文章，在内容的侧重和表述方式上有很大的不同，这是各位先生在教学和写作风格上各有千秋的结果。这一点，不仅体现了先生们各自的写作特点，更体现了西南联大学术上的"自由"，以及教学上的"百花齐放"。

在整理文章时，编者依旧秉持既忠实于西南联大课堂，又不拘泥于课堂的原则：有课堂讲义留存的，悉心收录；未留存有在西南联大任教时的讲义，而先生们在某一方面的研究卓有成就的亦予以收录；还有一部分文章是先生们在西南联大教授过的课程，只是内容不一定为在西南联大期间所写。如所选浦江清先生的文章，是由先生在北京大学任教时的讲义整理而来的，因先生在西南联大也教授过诗词方面的内容，故予以收录。在此基础上，本书选取文章时还充分考虑青少年读者的知识储备、阅读的广度和难度，以及学校课程的安排等多方面因素，力求通过这些作品让青少年了解传统文化，提升国学素养。

按照上述选篇原则，编者选择了闻一多、朱自清、浦江清、罗庸等四位先生的十七篇作品，以他们现存作品中较为完整的全集类作品或较为权威的单本作品作为底本。这些底本不但能保证本书的权威性，也能将先生们的作品风貌原汁原味地呈现出来。同时按照先生们所授课程涉及的年代从古至今进行排序，以便青少年读者了解中国诗人、词人和中国古代诗词的特点。

因时代不同，有些提法或者观点虽然现今多已不再使用，编者还是予以保留；同时，每个人的写作习惯以及每篇文章的体例、格式等亦有不同，为保证内容的可读性、连续性以及文字使用的规范性，编者在尊重并保持原著风格与面貌的基础上，进行了仔细编校，纠正讹误，统一体例，仅保留少数异体字。具体如下：

1. 原文中作者自注均统一为随文注，以小字号进行区分；文中旁批均为编者所加注解。

2. 因篇幅限制，部分文章只能节选，对这些节选的内容，编者皆在标题后加"（节选）"以说明。

3. 文中数字，皆在遵守数字用法规范的前提下，照顾了局部体例的统一。

4. 为保证旁批内容的准确性，编者参考了许多权威工具书，如《辞海》《辞源》《中国古今地名大辞典》等，书中不再一一列出。

5. 文中表示时间的数字皆改为阿拉伯数字。为保持全书体例一致，编者对书中表示公元纪年的方法也进行了统一处理。正文中，仅将朱自清先生原文正文中表示公元纪年的名称"西元"统一改为"公元"，其余正文则保持原貌。随文注中，表示时间段的，统一以"前×××—前×××"或"×××—×××"表示；表示时间点的，则统一以"公元前×××年"或"公元×××年"表示。旁批中，表示时间段的，统一以"前×××—前×××"或"×××—×××"表示；单独表示时间点的，则统一以"前×××年"或"×××年"表示。

6. 因时代语言习惯不同造成的差异，编者对正文中除姓名、引文外的文字做了统一，如闻一多先生著作中多用"惟"字，编者均改为现今通用的"唯"字，"想像""刻划""摹仿""热中"等词皆改为现今通用的"想象""刻画""模仿""热衷"等词。另外，编者按现今语法规范，修订了"的""地""得"，"做""作"，"他""它"，以及"绝""决"等字的用法。编者还修订了"那""哪"的用法，"那"

旧同"哪",原文中部分"那里""那儿"等词表示的是"哪里""哪儿"的意思,此种情况,编者皆将"那"改为"哪"。旧时所用异体字则绝大部分改为规范字。

7. 为提高青少年读者的阅读体验,编者根据2012年开始实施的《标点符号用法》,对部分原文标点符号略作改动,以统一体例,如"《杜秋娘》、《张好好》"改为"《杜秋娘》《张好好》"。

8. 为方便青少年读者理解,编者对"延展阅读"版块中的古诗词进行了翻译,以便于青少年读者阅读。唯第二十课《唐诗与宋诗的比较》是一篇比较说明唐诗与宋诗异同的文章,作为一个总结性的结尾,故其后不再设置"延展阅读"版块。

希望本书有助于青少年读者了解中国一些重要诗人、词人的生平、作品,以及领略几位先生在文学领域的学术风采;同时,更希望本书能够唤起青少年读者对西南联大的兴趣,更多地去了解这所在民族危亡之际仍然坚守教育、传播中华优秀传统文化的大学,让中华优秀传统文化代代相传、生生不息。

由于编辑能力有限,书中难免有疏漏和错讹,欢迎并感谢读者们批评指正。

目录

第一课　人民的诗人——屈原
　　　主讲人　闻一多 …………………………………………… *001*

第二课　古诗十九首释（节选）
　　　主讲人　朱自清 …………………………………………… *009*

第三课　陶渊明
　　　主讲人　浦江清 …………………………………………… *016*

第四课　南北朝的民歌及新乐府
　　　主讲人　浦江清 …………………………………………… *039*

第五课　四　杰
　　　主讲人　闻一多 …………………………………………… *059*

第六课　王维与孟浩然
　　　主讲人　浦江清 …………………………………………… *070*

第七课　李　白
　　　主讲人　浦江清 …………………………………………… *081*

第八课　杜　甫
　　　主讲人　浦江清 …………………………………………… *099*

第九课　白居易、元稹、刘禹锡
　　　主讲人　浦江清 …………………………………………… *123*

第十课　杜　牧
　　　主讲人　浦江清 …………………………………………… *148*

第十一课	晚唐五代文学及其文艺论（节选）	
	主讲人　罗　庸	153
第十二课	苏轼的诗	
	主讲人　浦江清	162
第十三课	苏轼的词	
	主讲人　浦江清	173
第十四课	李清照	
	主讲人　浦江清	181
第十五课	陆游的诗词	
	主讲人　浦江清	186
第十六课	辛弃疾的词	
	主讲人　浦江清	195
第十七课	唐诗与宋诗的比较	
	主讲人　浦江清	204

第一课
人民的诗人——屈原

主讲人 闻一多

古今没有第二个诗人像屈原那样曾经被人民热爱的。我说"曾经",因为今天过着端午节的中国人民,知道屈原这样一个人的实在太少,而知道《离骚》这篇文章的更有限。但这并不妨碍屈原是一个人民的诗人。我们也不否认端午这个节日,远在屈原出世以前,已经存在,而它变为屈原的纪念日,又远在屈原死去以后。也许正因如此,才足以证明屈原是一个真正的人民诗人。唯其端午是一个古老的节日,"和中国人民同样的古老",足见它和中国人民的生活如何不可分离,唯其中国人民愿意把他们这样一个重要的节日转让给屈原,足见屈原的人格,在他们生活中,起着如何重大的作用。也唯其远在屈原死后,中国人民还要把他的名字,嵌进一个原来与他无关的节日里,才足见人民的生活里,是如何的不能缺少他。端午是一个人民的节日,屈原与端午的结合,便证明了过去屈原是与人民结合着的,也保证了未来屈原与人民还要永远结合着。

是什么使得屈原成为人民的屈原呢?

第一,说来奇怪,屈原是楚王的同姓,却不是

◆《离骚》:《楚辞》篇名。战国楚人屈原(约前340—约前278)作。全篇以自述身世、遭遇、心志为中心,运用美人香草的比喻、大量的神话传说和丰富的想象,形成绚烂的文采和宏伟的结构,对后世文学有深远影响。

◆ "我们也不否认……屈原死去以后"是指:闻一多先生认为端午节最初是古代吴越人举行龙图腾崇拜活动的节日,远早于屈原所生活的战国时期;南朝吴均的神话志怪小说集《续齐谐记》,最早将屈原和端午节联系起来。

001

一个贵族。战国是一个封建阶级大大混乱的时期，在这混乱中，屈原从封建贵族阶级，早被打落下来，变成一个作为宫廷弄臣的卑贱的伶官，所以，官爵尽管很高，生活尽管和王公们很贴近，他，屈原，依然和人民一样，是在王公们脚下被践踏着的一个。这样，首先在身份上，屈原便是属于广大人民群众的。

第二，屈原最主要的作品——《离骚》❶的形式，是人民的艺术形式，"一篇题材和秦始皇命博士所唱的《仙真人诗》一样的歌舞剧"。虽则它可能是在宫廷中演出的。至于他的次要的作品——《九歌》❷，是民歌，那更是明显，而为历来多数的评论家所公认的。

第三，在内容上，《离骚》"怨恨怀王，讥刺椒兰"，无情地暴露了统治阶层的罪行，严正地宣判了他们的罪状，这对于当时那在水深火热中敢怒而不敢言的人民，是一个安慰，也是一个兴奋。用人民的形式，喊出了人民的愤怒，《离骚》的成功不仅是艺术的，而且是政治的，不，它的政治的成功，甚至超过了艺术的成功，因为人民是最富于正义感的。

但，第四，最使屈原成为人民热爱与崇敬的对象的，是他的"行义"，不是他的"文采"。如果对于当时那在暴风雨前窒息得奄奄待毙的楚国人

◆《九歌》：《楚辞》篇名。"九歌"原为传说中的一种远古歌曲的名称。《楚辞》的《九歌》一般认为是屈原据民间祭神乐歌改作或加工而成。共十一篇：《东皇太一》《云中君》《湘君》《湘夫人》《大司命》《少司命》《东君》《河伯》《山鬼》《国殇》《礼魂》。

◆行义：做合乎仁义的事，又指品行，道义。

---

❶ 见课后延展阅读：《离骚》（节选）。
❷ 见课后延展阅读：《九歌·湘夫人》。

第一课 人民的诗人——屈原

民，屈原的《离骚》唤醒了他们的反抗情绪，那么，屈原的死，更把那反抗情绪提高到爆炸的边沿，只等秦国的大军一来，就用那溃退和叛变的方式，来向他们万恶的统治者，实行报复性的反击（楚亡于农民革命，不亡于秦兵，而楚国农民的革命性的优良传统，在此后陈胜、吴广对秦政府的那一着上，表现得尤其清楚）。历史决定了暴风雨的时代必然要来到，屈原一再地给这时代执行了"催生"的任务，屈原的言、行，无一不是与人民相配合的，虽则也许是不自觉的。有人说他的死是"匹夫匹妇自经于沟壑"，对极了，匹夫匹妇的作风，不正是人民革命的方式吗？

◆自经：自缢，上吊。

以上各条件，若缺少了一件，便不能成为真正的人民诗人。尽管陶渊明歌颂过农村，农民不要他，李太白歌颂过酒肆，小市民不要他，因为他们既不属于人民，也不是为着人民的。杜甫是真心为着人民的，然而人民听不懂他的话。屈原虽没写人民的生活，诉人民的痛苦，然而实质的等于领导了一次人民革命，替人民报了一次仇。屈原是中国历史上唯一有充分条件称为人民诗人的人。

（选自《闻一多全集》）

延展阅读

离骚（节选）
[战国楚] 屈原

【原文】

长太息以掩涕兮，哀民生之多艰。余虽好（hào）修姱（kuā）以鞿（jī）羁兮，謇（jiǎn）朝谇（suì）而夕替。既替余以蕙纕（xiāng）兮，又申之以揽茝（chǎi）。亦余心之所善兮，虽九死其犹未悔。怨灵修之浩荡兮，终不察夫民心。众女嫉余之蛾眉兮，谣诼谓余以善淫。固时俗之工巧兮，偭（miǎn）规矩而改错。背绳墨以追曲兮，竞周容以为度。忳（tún）郁邑余侘（chà）傺（chì）兮，吾独穷困乎此时也。宁溘死以流亡兮，余不忍为此态也！鸷（zhì）鸟之不群兮，自前世而固然。何方圜（yuán）之能周兮，夫孰异道而相安？屈心而抑志兮，忍尤而攘诟。伏清白以死直兮，固前圣之所厚。

悔相（xiàng）道之不察兮，延伫乎吾将反。回朕车以复路兮，及行迷之未远。步余马于兰皋（gāo）兮，驰椒丘且焉止息。进不入以离尤兮，退将复修吾初服。制芰（jì）荷以为衣兮，集芙蓉以为裳。不吾知其亦已兮，苟余情其信芳。高余冠之岌岌兮，长余佩之陆离。芳与泽其杂糅兮，唯昭质其犹未亏。忽反顾以游目兮，将往观乎四荒。佩缤纷其繁饰兮，芳菲菲其弥章。民生各有所乐兮，余独好修以为常。虽体解吾犹未变兮，岂余心之可惩？

【译文】

我泪流满面长声叹息啊，哀叹人生的艰辛。我虽然洁身自好约束自己啊，但早晨进谏晚上就遭到贬黜。我被贬官是因为用香蕙做佩带啊，又因为我采摘白芷作为饰物给我加罪。这是我心中向往的美德啊，即使死九次我也绝不悔悔。我怨恨君王荒唐啊，始终不能明了我的心迹。众多小人嫉妒我秀美的蛾眉，造出谣言说我行为放荡。世俗小人本就善于投机取巧啊，方圆、规矩等都可以全部抛弃。违背法度而追求弯曲啊，竞相苟合奉迎作为法度。我孤独彷徨忧闷失意啊，此时的我忍受着穷困好不伤心。宁愿突然死去随着流水消逝啊，我也绝不与众人同流合污。雄鹰和普通的鸟怎么可能生活在一起啊，自古以来就是这样。哪有圆孔可以安上方柄？追求的道路不同哪能同行呢？委屈情怀压抑心志啊，忍受着责备和羞辱。保持清白之志死于忠贞之节啊，这本是古圣先贤都称许认可的。

　　我后悔当初没有看清前面的道路啊，我迟疑踌躇了好久又将要调头返回。调转我的车子回到原路，好在迷路还不算太远。我赶着马车来到长满兰草的水边啊，奔驰到长椒树的小山丘稍作休息。进谏不成反而获罪啊，我退回来重新整理旧衣裳。我裁剪荷叶做出上衣啊，连缀荷花做出下裳。没有人了解我的心意也就算了啊，只要我自己内心确实是美好的。把我的帽子加得高高的啊，再把我的佩带增得长长的。虽然清香芳洁和污垢混杂在一起啊，唯有高洁的品质不会毁伤。我忽然回过头来放眼远眺啊，看到了辽阔大地的四面八方。我穿戴上缤纷多彩的服饰啊，浑身散发着阵阵清香。人生各有各的追求啊，我独爱修洁而且习以为常。就算肢解我的身体我也不会变啊，又有谁能改变我的心志？

九歌·湘夫人

[战国楚]屈原

【原文】

帝子降兮北渚（zhǔ），目眇眇兮愁予。
袅袅兮秋风，洞庭波兮木叶下。
登白薠（fán）兮骋望，与佳期兮夕张。
鸟何萃兮蘋中？罾（zēng）何为兮木上？
沅有芷兮澧（lǐ）有兰，思公子兮未敢言。
荒忽兮远望，观流水兮潺（chán）湲（yuán）。
麋（mí）何食兮庭中？蛟何为兮水裔？
朝驰余马兮江皋，夕济兮西澨（shì）。
闻佳人兮召予，将腾驾兮偕逝。
筑室兮水中，葺之兮荷盖。
荪壁兮紫坛，播芳椒兮成堂。
桂栋兮兰橑（liáo），辛夷楣兮药房。
罔薜荔兮为帷，擗（pǐ）蕙櫋（mián）兮既张。
白玉兮为镇，疏石兰兮为芳。
芷葺兮荷屋，缭之兮杜衡。
合百草兮实庭，建芳馨兮庑门。
九嶷（yí）缤兮并迎，灵之来兮如云。
捐余袂兮江中，遗余褋（dié）兮澧浦（pǔ）。
搴（qiān）汀洲兮杜若，将以遗兮远者。
时不可兮骤得，聊逍遥兮容与。

【译文】
尧帝之女降落在北洲,望不见啊使我心忧伤。
秋风吹拂啊,吹起洞庭湖的波纹,吹落了树叶。
踩着白𬞟草纵目四望,和佳人约定的日期啊就在今晚。
鸟儿为什么聚集在水草中?捕鱼的网为什么在树上?
沅水有芷草啊澧水有兰花,想念湘夫人啊不敢说。
恍恍惚惚地望着远方,看着江水潺潺地流淌。
麋鹿为什么在庭院中觅食?蛟龙为什么在水边游荡?
早晨我骑马在江边奔驰,傍晚我就渡到江的西岸了。
听到佳人在召唤我啊,我要驾着马车奔腾飞驰和她同往。
把房子建在水中,把荷叶盖在屋顶。
用荪草装饰墙壁,用紫贝装饰中庭,用芳香的椒木装饰厅堂。
用桂木做成屋的栋梁,用木兰做成屋顶的木条;
用辛夷木做门楣,用白芷装饰卧房。
编织薜荔草做成帷帐,掰开蕙草做成的隔扇已经支张起来。
用白玉做成镇席,屋内各处陈设着石兰草,一片芬芳。
在荷屋上覆盖上白芷草,缠绕上杜衡。
汇集各种芳草充实庭院,建造芳香远闻的走廊。
九嶷山的山神都来欢迎湘夫人,神灵众多,像云朵一样簇拥在一起。
我把衣袖扔进江水中,把单衣扔到澧水边。
我在水边平地上采杜若,把它送给远来的湘夫人。
美好时光不可多得,我且悠闲自得地游玩。

屈子投江

第二课
古诗十九首释
（节选）

主讲人 朱自清

诗是精粹的语言。因为是"精粹的",便比散文需要更多的思索、更多的吟味;许多人觉得诗难懂,便是为此。但诗究竟是"语言",并没有真的神秘;语言,包括说的和写的,是可以分析的;诗也是可以分析的。只有分析,才可以得到透彻的了解;散文如此,诗也如此。有时分析起来还是不懂,那是分析得还不够细密,或者是知识不够,材料不足;并不是分析这个方法不成。这些情形,不论文言文、白话文、文言诗、白话诗,都是一样。不过在一般不大熟悉文言的青年人,文言文,特别是文言诗,也许更难懂些罢了。

我们设《诗文选读》这一栏,便是要分析古典和现代文学的重要作品,帮助青年诸君的了解,引起他们的兴趣,更注意的是要养成他们分析的态度。只有能分析的人,才能切实欣赏;欣赏是在透彻的了解里。一般的意见将欣赏和了解分成两橛,实在是不妥的。没有透彻的了解,就欣赏起来,那欣赏也许会驴唇不对马嘴,至多也只是模糊影响。一般人以为诗只能综合地欣赏,一分析诗就没有了。其实诗是最错综的、最多义的,非得细密的分

◆吟味:品味,玩味。

◆《诗文选读》:西南联大师范学院国文系主编的《国文月刊》中的一个栏目,所刊登的文章包括古典文学作品和现代文学作品,并附以详细的注释或说明。《古诗十九首释》于1941年开始刊载,仅刊九篇即止。

◆橛,jué,一小段。

◆《三百篇》：指《诗经》。是我国最早的诗歌总集，本只称《诗》，编成于春秋时代，汉代时被儒家尊为经典，故称《诗经》。

◆"六朝以来……为正宗"是指：南朝梁刘勰（约465—约532）在文学理论专著《文心雕龙》中称《古诗十九首》为"五言之冠冕"。

◆昭明太子：即萧统（501—531），字德施，南兰陵（治今江苏常州市西北）人。南朝梁文学家。是梁武帝长子，天监元年（502），立为太子，未及即位而卒，谥昭明，世称昭明太子。

◆《文选》：总集名。南朝梁萧统编选，世称《昭明文选》。选录自先秦至梁的诗文辞赋，且已初步注意到文学与其他类型著作的区分。

◆五臣：指唐代开元年间的吕延济、刘良、张铣（xiǎn）、吕向、李周翰。他们的合注本《文选》称"五臣注"。

◆成辞：现成的语言。

析工夫，不能捉住它的意旨。若是囫囵吞枣地读去，所得着的怕只是声调辞藻等一枝一节，整个儿的诗会从你的口头眼下滑过去。

本文选了《古诗十九首》❶作对象，有两个缘由。一来《十九首》可以说是我们最古的五言诗，是我们诗的古典之一。所谓"温柔敦厚""怨而不怒"的作风，《三百篇》之外，《十九首》是最重要的代表。直到六朝，五言诗都以这一类古诗为标准；而从六朝以来的诗论，还都以这一类诗为正宗。《十九首》影响之大，从此可知。

二来《十九首》既是诗的古典，说解的人也就很多。古诗原来很不少，梁代昭明太子（萧统）的《文选》里却只选了这十九首。《文选》成了古典，《十九首》也就成了古典；《十九首》以外，古诗流传到后世的，也就有限了。唐代李善和"五臣"给《文选》作注，当然也注了《十九首》。嗣后历代都有说解《十九首》的，但除了《文选》注家和元代刘履的《选诗补注》，整套作解的似乎没有。清代笺注之学很盛，独立说解《十九首》的很多。近人隋树森先生编有《古诗十九首集释》一书（中华版），搜罗历来《十九首》的整套的解释，大致完备，很可参看。

这些说解，算李善的最为谨慎、切实；虽然他释"事"的地方多，释"义"的地方少。"事"是诗中引用的古事和成辞，普通称为"典故"。

---

❶ 见课后延展阅读：《庭中有奇树》《迢迢牵牛星》。

"义"是作诗的意思或意旨，就是我们日常说话里的"用意"。有些人反对典故，认为诗贵自然，辛辛苦苦注出诗里的典故，只表明诗句是有"来历"的，作者是渊博的，并不能增加诗的价值。另有些人也反对典故，却认为太麻烦、太琐碎，反足为欣赏之累。

可是，诗是精粹的语言，暗示是它的生命。暗示得从比喻和组织上作工夫，利用读者联想的力量。组织得简约紧凑；似乎断了，实在连着。比喻或用古事成辞，或用眼前景物；典故其实是比喻的一类。这首诗、那首诗可以不用典故，但是整个儿的诗是离不开典故的。旧诗如此，新诗也如此；不过新诗爱用外国典故罢了。要透彻地了解诗，在许多时候，非先弄明白诗里的典故不可。陶渊明的诗，总该算"自然"了，但他用的典故并不少。从前人只囫囵读过，直到近人古直先生的《靖节诗笺定本》，才细细地注明。我们因此增加了对于陶诗的了解；虽然我们对于古先生所解释的许多篇陶诗的意旨并不敢苟同。李善注《十九首》的好处，在他所引的"事"都跟原诗的文义和背景切合，帮助我们的了解很大。

别家说解，大都重在意旨。有些是根据原诗的文义和背景，却忽略了典故，因此不免望文生义，模糊影响。有些并不根据全篇的文义、典故、背景，却只断章取义，让"比兴"的信念支配一切。所谓"比兴"的信念，是认为作诗必关教化；凡男女私情、相思离别的作品，必有寄托的意旨——不

◆建安诗：即建安文学，指汉末建安时期的文学。建安是汉献帝的年号。文学史上的建安时期，指建安至魏初的一段时间。主要代表作家有"三曹"曹操、曹丕、曹植，"建安七子"孔融、陈琳、王粲、徐干、阮瑀（yǔ）、应场（yáng）、刘桢等。以诗歌的成就最为显著，故又称"建安诗歌""建安诗"。作品既继承汉乐府民歌的某些特点，又表现出诗人的个性；有不少反映出社会的动乱、大众的痛苦，以及作者渴望建功立业的雄心，情调慷慨，语言刚健，后人称为"建安风骨"。同时，也出现注重修辞炼句的倾向，辞赋则进一步转向抒情小赋。其许多特点对后来文学的发展趋向有重要影响。

◆《美文及其历史》：即《中国之美文及其历史》。

是"臣不得于君"，便是"士不遇知己"。这些人似乎觉得相思、离别等等私情不值得作诗；作诗和读诗，必须能见其大。但是原作里却往往不见其大处。于是他们便抓住一句两句，甚至一词两词，曲解起来，发挥开去，好凑合那个传统的信念。这不但不切合原作，并且常常不能自圆其说；只算是无中生有、驴唇不对马嘴罢了。

据近人的考证，《十九首》大概作于东汉末年，是建安（献帝）诗的前驱。李善就说过，诗里的地名像宛、洛、上东门，都可以见出有一部分是东汉人作的；但他还相信其中有西汉诗。历来认为《十九首》里有西汉诗，只有一个重要的证据，便是第七首里"玉衡指孟冬"一句话。李善说，这是汉初的历法。后来人都信他的话，同时也就信《十九首》中一部分是西汉诗。不过李善这条注并不确切可靠，俞平伯先生有过详细讨论，载在《清华学报》里。我们现在相信这句诗还是用的夏历。此外，梁启超先生的意见，《十九首》作风如此相同，不会分开在相隔几百年的两个时代（《美文及其历史》）。徐中舒先生也说，东汉中叶，文人的五言诗还是很幼稚的；西汉若已有《十九首》那样成熟的作品，怎么会有这种现象呢！（《古诗十九首考》，中大语言历史研究所《周刊》六十五期）

《十九首》没有作者，但并不是民间的作品，而是文人仿乐府作的诗。乐府原是入乐的歌谣，盛行于西汉。到东汉时，文人仿作乐府辞的极多；现存的乐府古辞，也大都是东汉的。仿作乐府，最初

第二课　古诗十九首释（节选）

大约是依原调、用原题；后来便有只用原题的。再后便有不依原调、不用原题，只取乐府原意作五言诗的了。这种作品，文人化的程度虽然已经很高，题材可还是民间的，如人生不常、及时行乐、离别、相思、客愁等等。这时代作诗人的个性还见不出，而每首诗的作者，也并不限于一个人；所以没有<u>主名</u>可指。《十九首》就是这类诗；诗中常用典故，正是文人的色彩。但典故并不妨害《十九首》的"自然"；因为这类诗究竟是民间味，而且只是<u>浑括</u>的抒叙，还没到精细描写的地步，所以就觉得"自然"了。

（选自《朱自清全集》第七卷）

◆主名：指当事者或为首者的姓名，此处指主要创作者。

◆浑括：概括。

延展阅读

庭中有奇树
[汉]佚名

【原文】
庭中有奇树,绿叶发华滋。
攀条折其荣,将以遗所思。
馨香盈怀袖,路远莫致之。
此物何足贵?但感别经时。

【译文】
院子里有一棵嘉木,绿叶衬托着繁盛的花朵。
攀引条枝,摘下开得最好的一朵,要把它送给想念的人。
花香充满衣袖,但是天长地远,不能送达。
不是花多么珍贵,只是感觉离别时间太久。

迢迢牵牛星
[汉]佚名

【原文】
迢迢牵牛星,皎皎河汉女。
纤纤擢素手,札札弄机杼。
终日不成章,泣涕零如雨。
河汉清且浅,相去复几许。

第二课 古诗十九首释（节选）

盈盈一水间，脉脉不得语。

【译文】

银河东边的牵牛星多么遥远，银河西边的织女星多么明亮皎洁。

织女伸出纤细洁白的双手，摆弄织布机上的梭子札札作响。

一整天都没有织出整幅的布，眼泪像雨一样落下。

银河又清又浅，相隔又能有多远呢？

被隔在清澈的银河两岸，相互遥望却不能说一句话。

主讲人 浦江清

第三课
陶渊明

西晋既亡，中国由一统而分，南北朝开始。北方在北魏以前极乱，东晋偏安江左，文学不及西晋之盛。

先是，西晋末，永嘉（晋怀帝年号）之时，天下大乱，玄风复炽，"贵黄、老，稍尚虚谈，于时篇什，理过其辞，淡乎寡味"（钟嵘《诗品序》）。其中文人能自拔者，推刘琨、郭璞两人。"郭景纯用隽上之才，变创其体；刘越石仗清刚之气，赞成厥美。"（《诗品序》）刘琨少年曾与石崇交，亦二十四友之一（与石崇、欧阳建、潘岳、陆机、陆云——本传）。见天下大乱，有澄清中原之志，征石勒有战功，后为段匹䃅所害。其诗《扶风歌》《答卢谌》《重赠卢谌》等极富"清刚之气"。元遗山《论诗绝句》三十首之一曰："曹刘坐啸虎生风，四海无人角两雄。可惜并州刘越石，不教横槊建安中。"赞誉其有建安风骨。郭璞为阴阳杂家（卜筮），奇才，注《尔雅》《方言》《穆天子传》《山海经》，皆传。《游仙诗》虽云游仙，实然带《咏怀》气派。

东晋文人，尚有曹毗、孙绰、许询、殷仲文、

◆二十四友：晋惠帝时，刘琨、陆机、陆云、欧阳建等文人雅士依附于权臣贾谧（mì），常在石崇的金谷园聚会赋诗，史称"金谷二十四友"。

◆䃅，dī。段匹䃅（？—321）：西晋末年鲜卑族段部首领。

◆元遗山：即元好问（1190—1257），字裕之，号遗山，世称遗山先生。秀容（今山西忻州）人。金元时期著名文学家、文学批评家。

◆《论诗绝句》：另有"论诗三十首""《论诗》绝句三十首"等不同说法。

◆槊，shuò，长矛，古代一种兵器。

◆毗，pí。

王羲之等。兰亭修禊，"群贤毕至，少长咸集"（王羲之《兰亭序》，见《世说新语·企羡》）。文人到会，清谈盛。林泉之乐是道家情趣。

这些文人姑且不讨论，我们要讲的是，东晋人中出一中国大诗人——陶渊明。

陶渊明（365—427），〔陶渊明年谱有多种：（1）（宋）吴仁杰；（2）（宋）王质；（3）（清）丁晏；（4）（清）陶澍《年谱考异》；（5）（清）梁任公；（6）古直。年岁大有问题。卒年确定为宋文帝元嘉四年（公元427年），据颜延之《陶征士诔》："春秋若干，元嘉四年月日卒。"《宋书·陶潜传》"潜永嘉四年卒，时年六十三"。年岁，《宋书》以下均言六十三。颜《诔》曰"春秋若干"，未定。梁任公考订为五十六岁，古直考订为五十二岁。若六十三，则应生在晋哀帝兴宁三年，公元365年；若五十六岁，则应生在晋简文帝咸安二年，公元372年；若五十二岁，则应生在晋孝武帝太元元年，公元376年。诸说纷纭，录之仅供参考。〕一名潜，字元亮。世或以渊明为字，恐非。因《祭程氏妹文》《孟府君传》皆自称为渊明。昭明《陶渊明传》亦云名渊明。浔阳柴桑（今江西九江西南）人，故为江西诗人之祖。曾祖侃，晋大司马，祖茂，武昌太守，父某似是闲居者，渊明诗谓父"淡焉虚止，寄迹风云"（《命子》），安城太守之说恐不确（或谓渊明非陶侃之嫡系，或为裔孙耳）。母，征西大将军孟嘉第四女。梁任公《陶渊明》一书中说，渊明之落拓不羁名士风度乃得其外祖父的遗传。

颜延之《陶征士诔》曰："夫实以诔华，名由谥高……故询诸友好，宜谥曰'靖节征

◆禊，xì。修禊：古代习俗，在夏历三月上旬的巳日（魏晋后固定为三月初三）到水边嬉戏，以祓除不祥，叫"修禊"，也称"春禊"。

◆澍，shù。陶澍（1779—1839）：字子霖，号云汀，湖南安化人。晚清大臣、文学家。

◆春秋：年龄。

◆永嘉四年：应为"元嘉四年"。

◆裔孙：远代子孙。

士'。"故世号"靖节先生"。

渊明虽是世家子弟，一生不遇而贫穷。生当东晋衰亡之际，"少年罕人事，游好在《六经》"（《饮酒》之十六）。后来因为贫穷的缘故，不能不出门远游，"在昔曾远游，直至东海隅""此行谁使然？似为饥所驱"（《饮酒》之十）。他做过京口镇军参军（参刘牢之幕），又做过建威参军（参刘敬宣幕），奉使入都，补彭泽令。有公田可种，《晋书·隐逸传》载：渊明"在县公田悉令种秫谷，曰：'令吾常醉于酒足矣。'妻子固请种粳，乃使一顷五十亩种秫；五十亩种粳"（秫，黍之黏者，曰黄糯，亦呼黄米；粳，俗作粳）。因不愿束带见督邮，且声称"吾不能为五斗米折腰拳拳事乡里小人"而去职，在彭泽令任上不过三四个月。作了一篇《归去来兮辞》，还写了五首《归园田居》（一作《归田园居》）的诗。他说："少无适俗韵，性本爱丘山。误落尘网中，一去三十年。"如果说他出门三十年，未免太多，所以陶澍认为乃是"已十年"之误，"已"与"三"形近而误，或者他的"一去三十年"指他已到三十岁。如果认为他辞官返田为三十岁时，那么，他卒时为五十一二岁。此说与吴汝纶、古直等所主张者合。以后即是他躬耕、饮酒、作诗的农村生活。生活很苦，又遭遇一次火灾，有时穷到乞食，有时无酒度过重九节。他的乡邻父老们或者设酒招他，他的做官的朋友也有接济他的，也有仰慕他的大名而愿见他的，也有坚请他再出来的。他终于隐居着。

◆秫，shú。
◆粳，jīng。

◆督邮：本名"督邮书掾"或"督邮曹掾"。官名。汉置，汉代郡府的重要属吏，执掌督送邮书，并代表太守督察县乡，宣达教令，兼司狱讼捕亡等事，职任甚重。唐以后废。

◆重九节：重阳节的别称。

那时刘裕篡晋而为宋。有人说他在宋代所作的文章但题甲子，而不题纪元。论者谓他不愿帝宋，示为晋遗民之意。当然他看不起刘裕，在《拟古九首》之九的诗中他写道："种桑长江边，三年望当采。枝条始欲茂，忽值山河改。"记晋亡之憾，但一定要说他为节士，如何如何忠于晋室，亦不能知渊明。其实他义熙以后唯题甲子，是刘裕篡晋以前的事。之所以如此，一则是他不高兴刘裕，二则也许是道家隐者的习惯如此。他隐居家乡，与周续之、刘遗民被称为"浔阳三隐"。周、刘两人都是庐山高僧慧远的居士弟子，渊明亦与慧远为友，但未加入白莲社。义熙宋征著作郎，不就。

渊明一生在田野，是田园诗人。《晋书》《宋书》皆入《隐逸传》，《诗品》推为"古今隐逸诗人之宗"。可以表现他的生活写真的有《五柳先生传》《归去来兮辞》，表现他的理想的有《桃花源记》，表现他的人生观的有《形赠影》《影答形》《神释》三首及《饮酒》二十首。其余如《游斜川》《归园田居》《拟挽歌辞》等，均为其重要之作。

◆刘裕篡晋：420年，总揽东晋军政大权的宋王刘裕（363—422）代晋自立，定都建康，国号"宋"。

◆节士：有节操的人。

◆义熙：东晋晋安帝的年号（405—418）。

◆慧远（334—416）：东晋僧人，佛教学者。

◆白莲社：亦称"莲社"。元兴元年（402），慧远号召慧永（332—414）、慧持（337—412）、刘遗民（352—410）、雷次宗（386—448）等123人，在庐山东林寺专修念佛法门，因东林寺多植白莲，故称。

一、陶渊明的人生态度

陶渊明处两晋玄学的时代。两汉儒家思想独尊，两晋道家思想盛行。阮籍轻礼法，大骂士人君子如群虱之处裈中。渊明时道家思想较平淡，是道家、儒家将合流的时期，他大部分思想是出世的，

◆裈，kūn，裤子。群虱之处裈中：比喻俗人苟安于世。

他追溯朴素的生活，不愿媚于流俗，表现这种思想情趣的诗顶重要的为《归园田居》及《饮酒》。又见于《桃花源记》及《五柳先生传》，前者写理想的境界，后者为他自己的写照。武陵在湖南，刘子骥实有其人。《桃花源记》也许有事实的依据。陈寅恪《〈桃花源记〉旁证》云：因百姓避五胡之乱，避入山谷，自成堡坞。渊明时有人看见过。避秦乱亦可谓符秦。他是出世的喜田园生活的思想。《饮酒》之九，有田父劝其出仕："一世皆尚同，愿君汩其泥。"渊明答曰："违己讵非迷？且共欢此饮，吾驾不可回。"《归园田居》描写与乡间父老为邻实有兴味："相见无杂言，但道桑麻长。"田园生活很快乐："山涧清且浅，遇以濯吾足。漉我新熟酒，只鸡招近局。"漉者，沥也。

尔时，刘裕得志，如阮籍所处时代。人以为国将亡故渊明去隐，亦不对。刘裕得势他在诗中有其牢骚，《饮酒》二十首和阮籍《咏怀》类似。

渊明人生态度还有一显著特点是达观。当时清谈派人常谈论到死生问题。佛教惯用死的恐怖教训人，当时人都想解决生死问题，求一正确之人生观。王羲之谓"死生亦大矣，岂不痛哉"。渊明是阮籍、刘伶一派，接受庄子达观学说，"聊乘化以归尽，乐夫天命复奚疑"（《归去来兮辞》）。他有些哲学诗，如《形赠影》《影答形》《神释》三首，结构奇极，发挥哲学思想，结论还是吃酒。"纵浪大化中，不喜亦不惧。应尽便须尽，无复独多虑。"一切顺应自然。他的儿子不好，结论是

◆ 五胡之乱："五胡"是指十六国时期活跃于北方地区的五个内徙胡人族群的统称，多指匈奴、鲜卑、羯、氐、羌。西晋末年，国力衰微，以"五胡"为代表的北方胡人族群趁机相继建立割据政权。"五胡之乱"或"五胡乱华"为旧提法，学术界早已不再使用，而更多的是从民族融合的角度看待、分析这一历史时期。本书为尊重特定时代的文本，多不作更改，保留原貌。

◆ 漉，lù。

◆ 近局：近邻；邻居。

第三课 陶渊明

"天运苟如此,且进杯中物"(《责子》)。渊明诗篇篇有酒,不是颓废,也有强烈意气的,如《咏荆轲》[1]等。居乱世,自全自傲。他和慧远居近,虽未进白莲社,但很谈得来。达观的人生态度和矢志不渝的田园生活,在他去世前不久写就的《拟挽歌辞》(如"死去何所道,托体同山阿"句)和《自祭文》(如"宠非己荣,涅岂吾缁?捽兀穷庐,酣饮赋诗"句)中抒发得淋漓尽致。

◆ 缁,zī,黑色。
◆ 捽,zuó。捽兀:高傲的样子。

渊明思想亦有出于儒家者,对孔子也相当尊重。如屡言"固穷""乐天知命"及《饮酒》末章是也。其末章有"羲农去我久,举世少复真。汲汲鲁中叟,弥缝使其淳"的诗句,而《饮酒》之十六,他也有"少年罕人事,游好在《六经》……竟抱固穷节"的表述。道家思想认为伏羲、神农那是归真返璞,顶理想的时代已经过去。儒道皆如此说。"鲁中叟"即孔子,"弥缝"是使复真也,可知渊明对儒家思想亦融合。刘熙载《艺概》曰:"陶诗有'贤哉回也''吾与点也'之意,直可嗣洙、泗遗音。其贵尚节义,如咏荆卿、美田子泰等作,则亦孔子贤夷、齐之志也。"

◆ 田子泰:即田畴(169—214),字子泰,右北平郡无终县(今河北唐山市玉田县)人。东汉末年隐士,以重气节信义闻名。陶渊明在《拟古九首·其二》中赞扬其"闻有田子泰,节义为士雄"。

苏轼曰:(渊明)其人甚高,"欲仕则仕,不以求之为嫌;欲隐则隐,不以去之为高",是对陶渊明豁达的人生的精辟点评。

---

[1] 见课后延展阅读:《咏荆轲》。

二、陶渊明诗的艺术特色

1. 诗与人生打成一片，开了新诗的门径

自从曹子建、阮嗣宗把诗称为个人的自述经验、自己的抒情之作，到了陶渊明，成为完全是自己生活的记录，完全脱离了乐府歌辞了。虽然有些拟古诗类似《古诗十九首》，《饮酒》诗类似嗣宗《咏怀》诗，可是多数是写他自己的生活，颇似日记式的。诗与人、与生活打成一片。我们从他的诗中可以看见他的行动。他的诗都有题目，有些还有序文。与读阮籍《咏怀》，但看见作者心绪上的苦闷，而不知他一生的踪迹者不同，而且与没有题目、一概称为《咏怀》者不同，阮籍属于建安那个时代，前一个时代。而陶渊明属于新的时代，以诗为自己的生活记录的时代。我们也可以说，他的诗是他的自传，明白清楚的自传，包括内心的志趣与外面的遭遇。不像阮籍《咏怀》诗那样的只重内心，惝恍，不可捉摸，也不像曹子建的多用乐府比兴。

事实上，曹植、阮籍都是承继《诗经》《楚辞》的，而渊明开了新诗的门径。

2. 脱离乐府，创造新诗意境

渊明全不做乐府（除《拟古九首》。但此九首亦只是五言，非乐府）。

经过了正始玄风，谈玄的风气盛后，诗中遂含哲理。西晋覆亡，洛阳繁华顿歇，文人南渡，东晋人诗自然向哲理山水方面发展。庄老与山水合流。

◆ 阮嗣宗：即阮籍（210—263），字嗣宗，陈留尉氏（今河南开封市）人。三国魏文学家、思想家。曾为兵部校尉，世称阮步兵。

◆ 惝，tǎng。恍，huǎng。惝恍：迷迷糊糊；不清楚。

◆ 正始玄风：三国魏正始年间（240—249），文人喜谈论老庄思想，形成一种风气，称"正始玄风"。

此时五言诗也已脱离繁音促节的音乐，只是倚琴而歌。到了陶渊明，"性不解音而蓄素琴一张，弦徽不具，每朋酒之会则抚而和之曰：但识琴中趣，何劳弦上音"（《晋书·隐逸传》）。因他的诗实在不是倚琴而歌的，是脱离音乐的。所以有的是"有琴意"的诗歌，有的是近于散文似的新诗。是直笔写下，一意贯穿，不多曲折及比兴的。那是完全脱离音乐后的现象。渊明是不依傍音乐、不承继《诗经》《楚辞》古典文学而创造新诗意境的一个大作家。在他当时，就有人喜欢他那一类很别致的诗。到了齐梁的时代，诗人惯于繁缛音乐性及图画彩色性的诗。齐梁是一个新乐府时代，所以他的诗不为人所重，钟嵘《诗品》以之入中品。

颜延之《诔》文甚长，无一言及于他的诗，不过提到他"赋辞归来""陈书辍卷，置酒弦琴"，泛泛说他著作诗歌而已，《宋书·隐逸传》也不特别提他的诗，但云"所著文章，皆题其年月"。

3. 诗与自然融合的田园之歌

渊明诗取材料于田野间，这种材料，陶渊明以前无人敢取，从前民间文学只是恋歌，朝廷文学只是游宴赠答，金谷、兰亭或戎马，绝无一人如他这般写田野、写自然。

他的诗又表现了他对自然的欣赏，《诗经》、古诗、建安文学皆有对自然的欣赏，然未有如他爱自然者。《归园田居》："少无适俗韵，性本爱丘山。误落尘网中，一去三十年。"与一般父老欢笑饮酒、耕田，乐在其中，"相见无杂言，但道桑

◆ 素琴：不加装饰的琴。

◆《诗品》：原名《诗评》，后《诗品》成为定名。南朝梁文学批评家钟嵘（生卒年不详）撰。此书专论五言诗，共收录汉代至南朝梁120多位诗人，别其等第，分为上、中、下三品，再论其作品的优劣和前后作家间的继承关系。

麻长。"（《归园田居》）"昔欲居南村，非为卜其宅。闻多素心人，乐与数晨夕。"（《移居》）"结庐在人境，而无车马喧。"（《饮酒》）另辟天地，是他的伟大的地方，独来独往，前无古人，后无来者。

描写山水之诗，东晋开始，谢灵运亦写山水。陶欣赏自然是平和的，不去找山水，人在山水中；谢是活动的，游山玩水。自然是送给渊明看，如英国的Wordsworth（华兹华斯），communion with nature（与自然沟通）。"采菊东篱下，悠然见南山。"（《饮酒》之五）最高绝，因很自然，人谓有哲学意味，如禅宗的，并不费劲。

4. 诗富哲理性

先秦时，死生不重要，两晋则很重要。陶渊明对死生主张达观，不必求仙养生。他的《形赠影》《影答形》《神释》是哲学诗。他在诗的《序》里说："贵贱贤愚，莫不营营以惜生，斯甚惑焉。故极陈形影之苦，言神辨自然以释之。好事君子，共取其心焉。"爱惜生命，人之常情，然往往不得要旨。渊明"陈形影之苦"思索人死生命题，以"神"辨析自然之哲理。"天地长不没，山川无改时。草木得常理，霜露荣悴之。"说天地山川长在，草木有荣枯之变。"谓人最灵智，独复不如兹"而灵智的人却不能永生。"存生不可言，卫生每苦拙"，长生之说不可信，养生之术不可靠。位列圣人的"三皇"，享有高寿的"彭祖"，都不存在了，"老少同一死，贤愚无复数"，这是人类生

◆素心：心地纯朴。

◆谢灵运（385—433）：名公义，字灵运，小名客儿，陈郡阳夏（今河南周口市太康县）人，移籍会稽（治今浙江绍兴市）。南朝宋诗人，开文学史上的山水诗一派。

◆营营：忙碌。

◆悴，cuì，衰弱，憔悴。

◆存生：保存、维系生命。

◆卫生：养生；保护健康。

命必然结局。有了如此深邃的哲学认识，陶渊明能泰然处之："纵浪大化中，不喜亦不惧。应尽便须尽，无复独多虑。"把庄生的达观学说发挥到极致。当然，饮酒也是诗中不可缺的。

其《责子》诗云："白发被两鬓，肌肤不复实。虽有五男儿，总不好纸笔。阿舒已二八，懒惰故无匹。阿宣行志学，而不爱文术。雍端年十三，不识六与七。通子垂九龄，但觅梨与栗。天运苟如此，且进杯中物。"归结于"天运"，不乏对人生的哲思，但亦颇风趣。黄山谷云："观靖节此诗，想见其人慈祥戏谑可观也。"

◆文术：文章作法，指写文章的原则、方法、技巧等。

◆杯中物：指酒。

诗有哲理，并不局限于《形赠影》等三首诗，也不局限于死生之事，历代评家亦关注及此。明代都穆在其《南濠诗话》中就有明确的概括："东坡尝拈出渊明谈理之诗有三，一曰'采菊东篱下，悠然见南山'，二曰'笑傲东轩下，聊复得此生'，三曰'客养千金躯，临化消其宝'，皆以为知道之言。予谓渊明不止于知道，而其妙语亦不止是。如云'纵浪大化中，不喜亦不惧''应尽便须尽，无复独多虑'。如云'望云惭高鸟，临水愧游鱼。真想初在襟，谁谓行迹拘'。如云'不赖固穷节，百世当谁传'。如云'朝与仁义生，夕死复何求'。如云'及时当勉励，岁月不待人'。如云'前途当几许，未知止泊处''古人惜寸阴，念此使人惧'。观是数诗，则渊明盖真有得于道者，非常人能蹈其轨辙也。"

◆濠，háo。

◆轨辙：车轮行过留下来的痕迹。比喻已往有人走过的道路或做过的事情。

除诗之外，渊明在其《自祭文》一开头就写

◆ 射，yì。无射：十二律之一。律中无射：指农历九月。

◆ "鸣雁于征"：另有"鸿雁于征"一说。

◆ 本宅：自己的墓穴。

◆ 璩，qú。应璩（190—252）：字休琏。汝南南顿（今河南项城市西）人。三国曹魏文学家。

◆ 左思（约250—约305）：字太冲，齐国临淄（今山东淄博市临淄区北）人。西晋文学家。其诗语言质朴刚健。

◆ 婉惬：婉转和谐，令人快意。

◆ "第一个……萧统"是指：萧统主编的《昭明文选》共收录陶渊明8首诗文，属于作品被收录较多的作者。萧统还为其编纂了《陶渊明集》，并为其作序立传，对其德文并重十分推崇。

◆ 牖，yǒu，窗户。

道："岁惟丁卯，律中无射。天寒夜长，风气萧索，鸣雁于征，草木黄落。陶子将辞逆旅之馆，永归于本宅。"视死如归。

5. 诗风质朴、散淡

六朝中杰出，但当时未甚重之。其质朴自然清新散淡的诗为历代所尊崇，正如元遗山所赞："一语天然万古新，豪华落尽见真淳。"钟嵘《诗品》品评曰："其源出于应璩，又协左思风力。文体省净，殆无长语。笃意真古，词兴婉惬。每观其文，想其人德。世叹其质直。至如'欢言酌春酒''日暮天无云'，风华清靡，岂直为田家语耶！古今隐逸诗人之宗也。"也道出陶诗真淳、古朴的特色。对《诗品》将其列入中品之事，今人古直有《钟记室〈诗品〉笺》，据《太平御览》辨陶公本列上品。

第一个赏识陶渊明的，为昭明太子萧统，他谓陶诗冲淡闲适，且杂诙谐。

有谓陶渊明的《拟挽歌辞》或非自挽，只是作普通挽歌而已，备人唱唱，或自己哼哼。当时南朝有此习惯。《南史·颜延之传》：颜延之"常日但酒店裸袒挽歌"。《宋书·范晔传》："夜中酣饮，开北牖听挽歌为乐。"《世说新语》："袁山松出游，每好令左右作挽歌。"《南史·谢灵运传》：谢灵运曾孙几卿"醉则执铎挽歌"。渊明暮年作《拟挽歌辞》，情真意切，不知是否为自己作挽歌，待考。

陶渊明散文名篇有《桃花源记》《五柳先生

传》等，尤以《桃花源记》脍炙人口。

除诗文以外，还有赋作。《感士不遇赋》模仿董仲舒和司马子长，道古论今，写士进退两难之处境，发士不遇之感慨。虽拟古之作，而清新、简淡逾于汉赋。《闲情赋》丽极，比喻最妙，模仿张衡《定情赋》、蔡邕《静情赋》而作。因很秾丽，也许是早年模仿的作品。他自己的《序》中说："始则荡以思虑，而终归闲正。将以抑流宕之邪心，谅有助于讽谏。"宗旨很纯正。赋描写一女子甚美，非常想接近她，有两大段描写愿为衣之"领"、腰之"带"、发之"泽"、眉之"黛"、床之"席"、足之"履"、人之"影"、夜之"烛"……巧妙别致，痴情切切。昭明太子萧统却在其《陶渊明集序》中曰："白璧微瑕，惟在《闲情》一赋。"东坡曰："《国风》好色而不淫，正传不及《周南》，与屈宋所陈何异？而统大讥之，此乃小儿强作解事者。"讥昭明之不懂。昭明谓，"惜哉！无是可也"。现在人却最推重此篇了。

◆ 司马子长：即司马迁（约前145或前135—？），字子长，夏阳（今陕西韩城市南）人。西汉史学家、文学家、思想家。

◆ 流宕：放荡。

◆ "正传不及《周南》"：另有"正使不及《周南》"一说。

三、陶渊明诗的影响与后人的批评

渊明的诗并不被时人注意，好友不多。颜延之与之交好并为之作《诔》。颜在南朝宋为官。慧远住庐山，为净土宗领袖，亦与之友好。

陶渊明开田野诗一派，其诗在去世后才被人重视，后世诗人无不受其影响。尤深者如唐代之王维、孟浩然等喜欢自然的这一派，储光羲、韦应

◆"苏轼极推崇……全和其诗"是指：苏轼晚年一共写了约120首"和陶诗"。"和陶诗"指的是晋代以后的诗人，出于对陶渊明诗歌的推崇，以步韵、次韵等形式创作的追和之作。

◆精拔：精妙挺拔。

◆京：大。

◆汙，wū，同"污"。汙隆：指世道的盛衰或政治的兴替。

◆癯，qú，瘦。"质而实绮，癯而实腴"意为：语言看似朴质实则文采华美，文字看似清瘦实则韵味十足。

◆鲁直：指黄庭坚（1045—1105），字鲁直，号山谷道人、涪翁。洪州分宁（今江西九江市修水县）人。北宋诗人、书法家。苏轼的好友。

物、柳宗元，宋代之苏轼、王安石、范成大、陆游等都受其影响，视为楷模。苏轼极推崇陶渊明，至全和其诗。

陶渊明有《停云》《时运》《荣木》等诗，近"三百篇"，是四言诗的复活。诗人感时触景而发，忧时政之昏暗，抒内心之惆怅，比韦孟《讽谏诗》等好得多。

对陶渊明和他的作品的评价，从南朝至近代，评家众多，不胜枚举，前面已有所引用。

萧统《陶渊明集序》曰："有疑陶渊明诗篇篇有酒，吾观其意不在酒，亦寄酒为迹者也。其文章不群，辞彩精拔，跌宕昭彰，独超众类，抑扬爽朗，莫与之京。横素波而傍流，干青云而直上。语时事则指而可想，论怀抱则旷而且真。加以贞志不休，安道苦节，不以躬耕为耻，不以无财为病。自非大贤笃志，与道汙隆，孰能如此乎？"

《东坡诗话》："古之诗人有拟古之作矣，未有追和古人者也。追和古人，则始于东坡。（纪昀批苏诗云：唐人唐彦谦已有和陶贫士诗，东坡偶失检察耳。）吾于诗人无所甚好，独好渊明之诗。渊明作诗不多，然其诗质而实绮，癯而实腴，自曹、刘、鲍、谢、李、杜诸人，皆莫及也。""吾前后和其诗凡百有九篇。至其得意，自谓不甚愧渊明。然吾之于渊明，岂独好其诗也哉，如其为人，实有感焉。"以"质而实绮，癯而实腴"此八字评之甚当，陶有其人格思想，用不着多少辞藻堆砌。

东坡在惠州尽和渊明诗，鲁直在黔南闻之，作偈云:"子瞻谪海南,时宰欲杀之。饱吃惠州饭,细和渊明诗;渊明千载子,子瞻百世士。出处固不同,风味亦相似。"

孟浩然《仲夏归南园寄京邑旧游》:"常读高士传,最嘉陶征君。日耽田园趣,自谓羲皇人。余复何为者,栖栖徒问津。中年废丘壑,上国旅风尘。忠欲事明主,孝思侍老亲。归来冒炎暑,耕稼不及春。扇枕北窗下,采芝南涧滨。因声谢同列,吾慕颍阳真。"

孟浩然《赠王九》:"日暮田家远,山中勿久淹。归人须早去,稚子望陶潜。"

孟浩然《李氏园林卧疾》:"我爱陶家趣,园林无俗情。"

欧阳文忠云:"晋无文章,惟渊明《归去来辞》耳。"

朱熹曰:"陶渊明诗,人皆说是平淡,据某看他自豪放,但豪放得来不觉耳。"(《朱子语类》)

四、作品选讲

(一)《归园田居五首》

"归园田",一作"归田园",误,陶公"守拙归园田"诗句可证。五首或本有六首,末首乃江淹拟作,删之。

1. 其一("少无适俗韵")

"少无适俗韵,性本爱丘山。"开始二句言少志为此。见其"畴昔苦长饥,投耒去学仕"(《饮

◆子瞻:指苏轼,字子瞻。

◆"渊明千载子,子瞻百世士":另有"彭泽千载人,东坡百世士"一说。

◆《仲夏归南园寄京邑旧游》:另有"《仲夏归汉南园寄京邑耆旧》"一说。

◆栖栖:忙碌不安的样子。

◆欧阳文忠:即欧阳修(1007—1072),字永叔,号醉翁、六一居士,吉州吉水(今江西吉安市吉水县)人。谥号"文忠"。北宋文学家、史学家。

◆《归去来辞》:即《归去来兮辞》。

◆耒,lěi,古代翻土的农具。

◆《始作镇军参军经曲河》：应为《始作镇军参军经曲阿作》。

◆邵平（生卒年不详）：在秦朝时为东陵侯，秦朝灭亡后成为平民，在长安霸城门外种瓜。阮籍曾作《咏怀》诗赞美其隐士心态："昔闻东陵瓜，近在青门外。连畛距阡陌，子母相钩带。五色曜朝日，嘉宾四面会。膏火自煎熬，多财为患害。布衣可终身，宠禄岂足赖。"

◆溷，hùn。溷世：同"混世"。

◆刘牢之（？—402）：字道坚，彭城郡（今江苏徐州市）人。东晋名将。因淝水之战晋升龙骧将军、彭城内史。后兵权被桓玄所夺，自杀。

◆羁鸟：犹笼鸟。

◆薮，sǒu，水少草木多的地方。

酒》之十九），甚非初心。"投策命晨装，暂与园田疏"（《始作镇军参军经曲河》），写如何想念家乡园田之乐，亦生逢乱世之故。左思《咏史诗》"功成不受爵，长揖归田庐"，犹有功名之念。潘岳虽赋闲居，终受杀戮。阮籍虽赞美邵平，依旧溷世。乃知古人"学而优则仕"，欲罢功名利禄之念，潇然归田，亦自不易。陶公为彭泽令，不愿为五斗米折腰向乡间小儿，见机而退也。其时，其原来之上司刘牢之曾煊赫一时，终于自杀。桓玄、刘裕皆野心家，一败一显，晋室庸暗，出处甚难，陶公奔走尘俗者前后约有六年，决心摆脱。愿归躬耕以自养。同时，他的身体多病，更不堪奔走驱策，心为形役，始悟今是昨非，委运归尽之道。

"误落尘网中"，尘网为堕地之意，前人认为如佛家语，不类陶公口吻，此亦是一疑案。

此《归园田居五首》作于义熙二年丙午（依吴仁杰《陶靖节先生年谱》）盖自彭泽令归也。陶公年四十二岁。吴仁杰谓自先生出为州祭酒至彭泽去官，约十二三年。此诗云"一去三十年"乃十三年之误。陶澍谓"三"字乃"已"之误（已亥误作三豕，古已有之）。古直定陶公卒时年五十二，定此诗为与《归去来兮辞》同年作。《归去来兮辞》之序称作于乙巳年，时陶公适年三十。

"羁鸟恋旧林，池鱼思故渊。"古诗"胡马依北风，越鸟巢南枝"；陆机诗"孤兽思故薮，离鸟悲旧林"（《赠从兄车骑诗》），皆言不忘本。陶公诗"望云惭高鸟，临水愧游鱼"，彼言行旅之游，此言倦游而返，可以对照。

"开荒南野际，守拙归园田。"野，一作亩，陶公有田曰"南亩"，见《癸卯岁始春怀古田舍二首》："在昔闻南亩，当年竟未践。"守拙，言个性不谐于俗，不如守拙归田。《怀古田舍诗》云："即理愧通识，所保讵乃浅。"自愧通识之士，退以保真耳。

"暧暧远人村，依依墟里烟。"《楚辞》王逸注：暧暧，昏貌。翳翳不明，写日光和暖、远望农村之景。依依，《诗经·小雅·采薇》"杨柳依依"，有袅袅、隐约、许多姿态。陶诗写景，自然不用力，古朴不刻画，东坡云："其诗质而实绮，癯而实腴，自曹、刘、鲍、谢、李、杜诸人，皆莫及也。"

"鸡鸣桑树颠"，古乐府："鸡鸣高树颠，狗吠深宫中。"

2. 其二（"野外罕人事"）

"穷巷寡轮鞅"，《汉书·陈平传》：平"负郭穷巷，以席为门，然门外多长者车辙"，此反用其事。"结庐在人境，而无车马喧"（《饮酒》），意同。

"常恐霜霰至，零落同草莽。"陶公《拟古》诗"枝修始欲茂，忽值山河改"，皆比兴语。亦屈子萧艾之意〔"惟草木之零落兮""何昔日之芳草兮，今直为此萧艾也"（《离骚》）〕。汨余若不待之意。《汉书·杨恽传》："田彼南山，芜秽不治。种一顷豆，落而为萁。人生行乐耳，须富贵何时！"

◆ 暧，ài。暧暧：隐蔽貌，引申为隐隐约约，若隐若现之意。

◆ 翳，yì。翳翳：昏暗不明。

◆ 萧艾：艾蒿，臭草。常用来比喻品质不好的人。

◆ 汨，gǔ，水流的样子。

3. 其三（"种豆南山下"）

"晨兴理荒秽，带月荷锄归。"一天疲劳工作，不失趣味。诗境入画境。亦可知文学之足慰人生也。

"夕露沾我衣"，《诗经·召南·行露》："厌浥行露，岂不夙夜，谓行多露。"

◆厌，yì。浥，yì。厌浥：潮湿。

"但使愿无违"，赋以言志。

4. 其四（"久去山泽游"）

"浪莽林野娱"，浪莽，广大貌，无拘束也。

"一世异朝市"，《古步出夏门行》："市朝人易，千岁墓平。"

"人生似幻化，终当归空无。"《淮南子·精神训》："化者，复归于无形也。"

5. 其五（"怅恨独策还"）

"漉我新熟酒，只鸡招近局。"漉，水下貌，水下滴沥也。《宋书·陶潜传》"郡将候潜，值其酒熟，取头上葛巾漉酒，毕，还复著之。"近局：《礼记》郑注，局，部分也。按：近局，犹言近邻。

◆郡将：郡守。郡守兼领武事，故称。

◆葛巾：用葛布制成的头巾。

"已复至天旭"结语，响亮有力。

（二）《饮酒》

酒与诗的关系：（1）诗往往出于燕乐；（2）微醉以后，诗性inspiration（灵感）遂来，或者为生理的现象。英国诗人霍斯曼（A.E.Housman）的 *The Name and Nature of Poetry*（《诗的名称与属性》）一书中，自述其作诗之经验，谓喝啤酒之后，出去散步，心头浮泛其诗的意念，如泉涌一般。

第三课 陶渊明

萧统云："有疑陶渊明诗篇篇有酒，吾观其意不在酒，亦寄酒为迹者也。"渊明《饮酒》，如阮公《咏怀》，不另一一标题，随时触发而咏。

"衰荣无定在，彼此更共之。……忽与一觞酒，日夕欢相持。"（《饮酒》之一）总起，犹阮公之"中夜不能寐，起坐弹鸣琴"也。

◆"中夜不能寐"：应为"夜中不能寐"。

第二首，"积善云有报"，主意说君子固穷之节。

第三首，"道丧向千载"，主意说"有酒不肯饮，但顾世间名"之愚。

◆向：将近；接近。

第四首，说"托身已得所"，自比飞鸟之托于孤松。《归去来兮辞》："抚孤松而盘桓。"

第五首，"结庐在人境"最为有名，意境高绝。❶

《汉书·扬雄传》："结以倚庐。"

"问君何能尔，心远地自偏"二句，自问自答。陶公诗多说理，《怀古田舍诗》："寒竹被荒蹊，地为罕人远。"此说心远，更进一层。

"采菊东篱下，悠然见南山。"东坡云：采菊之次，偶然见山，初不用意，而景与意会，故可喜也。今皆作望南山。杜子美"白鸥没浩荡，万里谁能驯"，或改作"波浩荡"。改此一字，觉一篇神气索然。

◆杜子美：即杜甫（712—770），字子美，尝自号少陵野老。祖籍襄阳（今湖北襄阳市），自其曾祖父时迁居巩县（今河南巩义市西南）。唐代诗人。与李白齐名，世称"李杜"。宋以后被尊为"诗圣"。

王安石曰："渊明诗有奇绝不可及之语，如'结庐在人境'四句，诗人以来无此句。"

---

❶ 见课后延展阅读：《饮酒·其五》。

旁注：

◆ 韦苏州：即韦应物（约737—791），字义博，京兆万年（今陕西西安市）人。曾任苏州刺史，故称韦苏州。唐代诗人。

◆ 顾长康：即顾恺之（约345—409），字长康，小字虎头，晋陵无锡（今属江苏）人。东晋画家。

◆ 蹊：山路，小路。

◆ 王静安：即王国维（1877—1927），字静安，一字伯隅，号观堂，浙江海宁人。中国近代学者。《人间词话》以"境界"说为中心，论述了关于艺术特征和创作方法的许多问题。

◆ 澹，dàn。澹澹：水波荡漾貌。

白居易："时倾一壶酒，坐望东南山。"

韦苏州："采菊露未晞，举头见秋山。"

境界之迁移，使得悠远。"目送归鸿，手挥五弦。"（嵇康诗）《世说新语》："顾长康道：'画手挥五弦易，目送归鸿难。'"

悠然，远也。俗解均作悠然自得之意，恐非确话。《怀古田舍诗》云："寒竹被荒蹊，地为罕人远。是以植杖翁，悠然不复返。"悠然，远逝之意。

辩，或作辨。《庄子·齐物论》："辩也者，有不辩也。""大道不称，大辩不言。"《庄子·外物》："言者所以在意，得意而忘言。"

王静安《人间词话》云："词以境界为最上。有境界则自成高格。""有造境，有写境，此理想与写实二派之所由分。然二者颇难分别。因大诗人所造之境，必合乎自然，所写之境，亦必邻于理想故也。""有有我之境，有无我之境。'泪眼问花花不语，乱红飞过秋千去''可堪孤馆闭春寒，杜鹃声里斜阳暮'有我之境也。'采菊东篱下，悠然见南山''寒波澹澹起，白鸟悠悠下'无我之境也。有我之境，以我观物，故物皆着我之色彩。无我之境，以物观物，故不知何者为我，何者为物。古人为词，写有我之境者为多。然未始不能写无我之境，此在豪杰之士能自树立耳。"

五、研究陶渊明的材料

研究陶渊明，可参考的材料最多。中国文人集子笺注本,诗首推《杜工部集》,其次则《苏东坡集》,其次恐怕要算到陶集了。如宋汤汉注(拜经楼丛书本)、元李公焕之笺(四部丛刊本)最早,集大成的如清道光年间陶澍集注《靖节先生集》,附《年谱考异》,最可买。今人如梁任公有《陶渊明》一小册,附《年谱》(商务国学小丛书本),古直《陶靖节诗笺》《陶靖节年谱》(上海中国书店有代售),丁福保陶诗集注等。

欲见陶氏生平之材料:(1)颜延之《陶征士诔》(见《文选》);(2)齐沈约《宋书·隐逸传》;(3)梁昭明太子萧统《陶渊明传》。另,李延寿《南史》、唐修《晋书》都据《宋书》。

(选自《中国文学史稿》魏晋南北朝隋唐卷,浦江清著,浦汉明、彭书麟整理)

◆汤汉注:宋刻本汤汉注《陶靖节先生诗注》四卷,今藏国家图书馆善本书库。

◆陶诗集注:即《陶渊明诗笺注》。

延展阅读

咏荆轲

[晋] 陶渊明

【原文】

燕丹善养士,志在报强嬴。
招集百夫良,岁暮得荆卿。

君子死知己，提剑出燕京；
素骥鸣广陌，慷慨送我行。
雄发指危冠，猛气冲长缨。
饮饯易水上，四座列群英。
渐离击悲筑，宋意唱高声。
萧萧哀风逝，淡淡寒波生。
商音更流涕，羽奏壮士惊。
心知去不归，且有后世名。
登车何时顾，飞盖入秦庭。
凌厉越万里，逶迤过千城。
图穷事自至，豪主正怔营。
惜哉剑术疏，奇功遂不成！
其人虽已没，千载有余情。

【译文】

燕太子丹喜好豢养侠客义士，立志向秦王嬴政报仇。
他百里挑一地招募勇士，年底时终于物色到了荆轲。
君子能为知己者死，荆轲持剑离开燕国都城。
雪白的骏马在大路上嘶鸣，众人送他们远行，慷慨悲壮。
每个人都怒发冲冠，勇猛之气似要冲断帽缨。
易水边摆下盛大的饯别宴，在座的都是豪杰之士。
高渐离击筑，声音悲壮；宋意引吭高歌，响彻云霄。
悲风萧瑟，吹过座席，水面上荡起淡淡的波纹。
悲凉哀怨的商音令听者流泪，高昂慷慨的羽调让壮士惊心。
他知道此一去不能再回，姑且留下身后之名。
登车而去无有眷顾，车盖如飞一直飞驰到秦国宫廷。
勇往前行超过万里，曲曲折折经过上千城池。

献上地图突然出现匕首,秦王一见心惊胆战。
可惜剑术不精,奇功伟业没能成功。
虽然荆轲已经去世很久了,但千年之后仍激荡着豪情。

饮酒·其五
[晋] 陶渊明

【原文】
结庐在人境,而无车马喧。
问君何能尔?心远地自偏。
采菊东篱下,悠然见南山。
山气日夕佳,飞鸟相与还。
此中有真意,欲辨已忘言。

【译文】
我家住在人来人往的地方,但从没受到世俗的车马喧扰。
你问我如何能做到这样?心想要远离世俗,自然就会觉得所处地方僻静了。
在东墙之下采摘菊花,远处的南山悠然映入眼帘。
傍晚时候的南山景致甚好,雾气萦绕,鸟儿结队而还。
其中蕴藏着的人生意义,想要辨识清楚,但已忘了怎样表达。

带月荷锄归

第四课
南北朝的民歌及新乐府

主讲人 浦江清

南朝传统乐府

文学分二种：（一）民间文学；（二）文人文学。民间文学的影响很大。外国文学以言语为主体，中国文学以文字为主体。中国文字与言语之间有一点距离，从来如此。中国文学以文字为工具，唯民间文学与言语较亲近。现在觉得近言语的白话文学的地位很高。（参看胡适之《白话文学史》。）

五胡之乱，乐谱乐器散亡，乐工凋谢，故汉乐府失传。例如汉"鼓吹曲"《铙歌十八首》有名乐歌，历魏、吴、晋、宋，都改了名字，乐谱看起来也全改了，其中例如宋有《上邪曲》，名字未改，但今人不能句读，声辞相杂，其后且并此而无之。

自汉以来的乐府书很多，只有宋代郭茂倩《乐府诗集》独存（载《四部丛刊》）。诗是文人作的，然诗的来源在乐府里是活的，比较有价值。《乐府诗集》的重要性不下《文选》。

《乐府诗集》虽然收辑了许多南朝乃至唐的作品，以题目的相合，一一附于汉《铙歌》之下，实际上这种诗只是五言诗，不是乐府，只是用汉

◆铙，náo，一种击奏体鸣乐器。

◆上：指天。邪，yé，通"耶"，语气词。上邪：如同说天啊，即指天为誓的意思。

《铙歌》的题目而已，声调内容完全不同。汉《铙歌》是杂言，而这种诗是整齐五言，而且大都是新体诗、律诗，内容亦有大的变更。如《巫山高》，汉《铙歌》原是远望思归之意，而王融、梁元帝、范云、陈后主这些人都做了楚襄神女的题目，完全无关了。如王融的《巫山高》"想像巫山高，薄暮阳台曲"，用襄王神女故事。又如《临高台》，魏文帝一首，尚是乐府，其后如谢朓、王融、梁简文帝、沈约、陈后主等，都离开汉乐府甚远，风格迥然不同，只是五言诗了。郭茂倩亦采之在《乐府诗集》内，但非继承汉乐府的。

仿古乐府，另制新调新词者甚多，作者多系著名文人。例如谢朓《齐随王鼓吹曲十首》，文学价值极高。

南北朝此类乐府不是民歌，直至南朝迁至南方，才有民歌。

南朝民歌

南朝民歌材料都见于《乐府诗集》卷四十四—卷五十五"清商曲辞"部分。

以地域分：（一）吴声歌曲；（二）西曲歌。方言、音节固然不同，内容亦稍异，都是恋歌性质。别有民间祀神之曲，今略。

（一）吴声歌曲

吴声歌曲，江苏、安徽一带的民歌。《宋

◆谢朓（464—499）：字玄晖，陈郡阳夏（今河南太康）人。"竟陵八友"之一。因官宣城太守，也称"谢宣城"。南齐诗人。

◆随王：指萧子隆（474—494）。齐武帝第八子。字云兴，南兰陵（今江苏常州市西北）人。南朝文学家。

书·乐志》曰："吴歌杂曲，并出江东，晋宋以来，稍地增广。"其始皆徒歌，既而被之管弦。今举其尤著者：

1.《子夜歌》 《宋书·乐志》曰："《子夜歌》者，有女子名子夜造此声。"又云："晋孝武太元中（东晋）琅邪王轲之家，有鬼歌《子夜》。"则是此时以前人作。《子夜歌》大部分是情歌，很好。它影响到李白。后从此又出《子夜四时歌》（李白亦有）《大子夜歌》《子夜警歌》《子夜变歌》，也都是恋歌，表达欢情。（并且疑心有男女对唱之歌在内，如《乐府诗集》所录《子夜歌》前几首是。）《子夜四时歌》犹今之"四季相思"一类小调。《大子夜歌》竟是《子夜歌》的总引。

《子夜歌》大都是五言四句，类唐代五绝。先有律诗后有绝句，此说非。此即绝句。

2.《懊侬歌》 《古今乐录》曰："《懊侬歌》者，晋石崇、绿珠所作，惟《丝布涩难缝》一曲而已，后皆（东晋安帝）隆安初民间讹谣之曲。"说石崇、绿珠作，非。皆东晋民歌。

《懊侬歌》表达的是怨的哀情，是决绝的；与《子夜歌》的欢情不同。

3.《华山畿》 《古今乐录》曰："《华山畿》者，宋少帝时《懊恼》一曲，亦变曲也。"讲《孔雀东南飞》时提到南徐书生思华山女子成疾，吞食恋人之物而死，棺木过女子家门，女子棺前唱："华山畿，君既为侬死，独生为谁施？欢若见怜时，棺木为侬开。"最终二人合葬的故事。宋

◆绿珠（？—300）：西晋人。石崇妾。善吹笛。传说本姓梁，白州博白（今属广西）人。

◆宋少帝：指南朝宋第二位皇帝刘义符（406—424），于宋武帝永初三年（422）即位，次年改元景平。景平二年（424），被权臣徐羡之、谢晦等人所废，降为营阳王。不久被杀，年仅19岁。

少帝时之事，可知是民歌。与此故事无关的亦有几首，也是哀情的。据说是由《懊侬歌》变来的。

4.《读曲歌》 《宋书·乐志》曰："《读曲歌》者，民间为彭城王义康所作也。"此起源说不可信，要么亦是民间恋歌。《乐府诗集》载有八十九首，写别离伤感的。

（二）西曲歌

《乐府诗集》曰："《西曲歌》出于荆、郢、樊、邓之间，而其声节送和与'吴歌'亦异，故因其方俗而谓之'西曲'。"歌产生在今湖北、江西一带。

"吴声歌曲"言欢情多，声调宛转，不带舞；"西曲歌"言别离多，声调哀远，有带舞者。

1.《乌夜啼》 《唐书·乐志》曰："《乌夜啼》者，宋临川王义庆所作也。"其实不然，亦是民间恋歌。

2.《估客乐》 相传齐武帝创作。大概是男子出去经商，或歌男子行旅，或歌女子愁思。今所有南朝此乐词甚少，且不佳。元微之有《估客乐》名篇。

3.《襄阳乐》 相传宋随王诞所作。"诞……为雍州刺史，夜闻诸女歌谣，因而作之。……旧舞十六人，梁八人。"其实大部是民间小调。

4.《江陵乐》 亦旧舞十六人，梁八人。

在《吴声歌曲》和《西曲歌》之外，还有一首

◆《唐书·乐志》：指《旧唐书·音乐志》。

◆元微之：即元稹（779—831），字微之，河南（府治今河南洛阳市）人，居京兆万年（今陕西西安市）。唐代诗人。

《西洲曲》①。《乐府诗集》卷七十二,放在《别离曲》与《荆州乐》之间,属"杂曲歌辞"。《乐府诗集》作古辞,无名氏作。《玉台新咏》入江淹诗,《古诗源》误作梁武帝,不知何据,或认为梁武帝时乐府欤?

今按:《乐府诗集》又有温庭筠一首,有"遥见武昌楼"语,又有"南楼登且望,西江广复平。艇子摇两桨,催过石头城",可见其地。

《西曲歌》中有《石城乐》《乌夜啼》《莫愁乐》《估客乐》《襄阳乐》《三洲》《襄阳踏铜蹄》《采桑度》《江陵乐》等,皆荆、郢、樊、邓之间伎曲,亦多半是舞曲。

◆《襄阳踏铜蹄》:应为《襄阳蹋铜蹄》。

《西洲曲》与《西曲歌》有关,或即《石城乐》《三洲》之变,文人拟民间乐府歌辞而作,为南朝新声乐府之结晶名。题材是爱情与离别,是江南江北水道相通,池塘采莲。

《乐府诗集·石城乐》云"石城在竟陵",郡治今湖北天门县西北,在武昌、江陵之间。

◆天门县:今湖北天门市。

《西洲曲》首二句:"忆梅下西洲,折梅寄江北。"梅是爱的象征。《诗经·召南·摽有梅》,言女子婚嫁事,梅=媒。《子夜四时歌·春歌》:"梅花落已尽,柳花随风散。叹我当春年,无人相要唤。"陆凯《赠范晔诗》:"折梅逢驿使,寄与陇头人。江南无所有,聊赠一枝春。"梅花春色赠人表友爱,与折柳赠别相同。

◆摽,biào,落下。

---

① 见课后延展阅读:《西洲曲》。

或云其爱人名字内有"梅"字，故曰"忆梅"，而折梅寄之。此则乐府随人推测其意耳。其中隐约有人，写得朦胧，有朦胧的美。诗的隐与显，诗中不必有清楚的故事，有故事，不必清楚。并且此类拟舞曲之歌辞，若有情节者更妙。

"西洲在何处？两桨桥头渡，日暮伯劳飞，风吹乌臼树。"两桨，《莫愁乐》"莫愁在何处？莫愁石城西。艇子打两桨，催送莫愁来"。《莫愁乐》，湖北调。南京之莫愁湖因石头城而误。"西曲歌"实为楚辞之遗。东飞伯劳西飞燕，伯劳，鸟名。

◆ 乌臼树：即乌桕（jiù）树。落叶乔木，叶子略呈菱形，秋天变红，花黄色，种子外面有白蜡层，可用来制造蜡烛等，叶子可以做黑色染料。树皮、叶子都可以入药。

"采莲南塘秋，莲花过人头。低头弄莲子，莲子青如水。"莲=怜爱，爱怜之怜。《子夜歌》："果得一莲时，流离婴辛苦。""雾露隐芙蓉，见莲不分明。"谓私情、幽期也，不能公开的爱情。《西曲歌》中又有《江南弄》，其中有《采莲曲》。"南塘秋"，秋，新鲜句法，诗的意境；"莲花过人头"，入画。

"置莲怀袖中，莲心彻底红。"古诗"置书怀袖中"，彻底，相思。

此曲先写男忆女，中写女忆男，结末男女互相忆。或曰，西洲是女子所居，在江北，男子在江南，故曰"南风知我意，吹梦到西洲"，南风往北吹。

《西曲歌》原词多五言四句，《西洲曲》则连章也。用了连锁、顶真、续麻等修辞手法。

（三）结论

1. 民歌皆无名氏作，并非一人作一诗，乃口唱流变而成，一类歌曲愈唱愈多。代表新的民歌，在文学史上有价值、有地位。

2. 歌者不通文墨，不是从字上来的文学，是活的，考究其声音，故得尽双关字之妙。如"芙蓉"为"夫容"；"莲"为"怜"；"藕"为"耦"；"丝"为"思"；布匹之"匹"借作匹偶之"匹"；吴声歌曲"石阙生口中，衔碑不得语"，"衔碑不得语"即"衔悲不得语"。只要声音相通便可用。苏东坡有仿吴歌诗曰："莲子劈开须见薏，楸枰著尽更无棋。破衫却有重缝处，一饭何曾忘却匙。"语出双关，即心心相印，后会无期。"缝"即"逢"，"匙"即"时"。

3. 影响到文人、帝王，于是产生新乐府。且帝王喜以此种民歌被之管弦，即作为乐府，所以得保存歌辞到今日。帝王等仿作，又影响到唐诗，李、杜、元、白皆受其影响。

4. 依旧流布于民间，为唐人绝句及晚唐五代小令之先声。

南朝新乐府

帝王弃长安、洛阳南迁后，南朝除传统的乐府外，别有新乐府，显然是受上述南方民歌的影响。中国以前的乐府，无论其音调来自南方与否，总在北方制作，现在因建都南方，受了南方小调的影

◆耦：同"偶"。

◆楸，qiū。枰，píng。楸枰：棋盘。古时棋盘多用楸木制作，故名。

响，音节萎靡了。以前的乐府内容，大都是战争、游猎、游宴等，现在只有唯一的题材是儿女。

新乐府是帝王教乐工创作。王，如宋时作《碧玉歌》的汝南王，作《襄阳乐》的随王、临川王义庆等。

帝，如梁代三帝——梁武帝（萧衍）、梁简文帝（萧纲）、梁元帝（萧绎），陈后主。

梁武帝作《子夜四时歌》七首、《襄阳蹋铜蹄》三曲、《江南弄》七首、《河中之水歌》。都很有名。其子萧纲、萧统均和之。

梁简文帝作《乌夜啼》、《乌栖曲》四首、《江南弄》，实从民间而来，如汉武帝采民歌作乐府一样。

梁元帝作《乌栖曲》六首、《江南弄》。

陈后主作《乌栖曲》《估客乐》《三洲歌》《三妇艳词》《春江花月夜》《玉树后庭花》《堂堂》《黄鹂留》《金钗两鬓垂》。乐府歌带舞。影响很大。

《隋书·乐志》云：陈后主"与幸臣等制其歌词，绮艳相高，极于轻荡，男女唱和，其音甚哀"。

有人骂陈后主的乐府为亡国之音，但其文学方面影响至唐诗，歌方面影响至宋元戏曲。

陈后主幸臣宰相江总等喜作诗，又有张贵妃（丽华）与龚、孔两贵嫔，宫人袁大舍为女学士。《南史·后妃传》："每引宾客……游宴则使诸贵人女学士与狎客共赋新诗，互相赠答，采其尤艳丽者以为曲调，被以新声，选宫女有容色者以千百

◆幸臣：帝王宠幸的臣子。

◆"诸贵人女学士"：应为"诸贵人及女学士"。

◆狎客：指关系亲昵、常在一起嬉游饮宴的人，此处指陪伴权贵游乐的人。

数，令习而歌之。"

陈后主比李后主、宋徽宗格调低。因文学不只漂亮，还须有风骨，不过其影响很大。

南朝亡，隋灭陈后，均一仿陈后主之态度。隋炀帝学了陈后主，亦作了许多新乐府。《隋书·音乐志》曰："（炀帝）大制艳篇，辞极淫绮，令乐正白明达造新声，创《万岁乐》《藏钩乐》《七夕相逢乐》《投壶乐》《舞席同心髻》《玉女行觞》《神仙留客》《掷砖续命》《斗鸡子》《斗百草》《泛龙舟》《还旧宫》《长乐花》及《二十时》等曲，掩抑摧藏，哀音断绝。"

◆摧藏：形容极度悲哀，极度伤心。

此等曲直接影响到唐明皇的《霓裳羽衣曲》，为戏曲的祖宗。

北朝民歌

（一）北朝的民歌

北朝乐府方面从略，只讲民歌。

北方民歌与南方民歌完全不同。北方生活着汉族以外的其他民族，有新的歌曲，表现北方民族之气魄。与南方靡靡之音不同，好的民歌很多，亦在《乐府诗集》内。

南方是儿女文学，北方是英雄文学。

如《敕勒歌》：

　　敕勒川，阴山下。天似穹庐，笼盖四野。天苍苍，野茫茫。风吹草低见牛羊。

据《北史·齐神武纪》载：东魏武定四年（公

元546年),"西魏言神武(高欢)中弩,神武闻之,乃勉坐见诸贵,使斛律金唱《敕勒》,神武自和之,哀感流涕"。时东魏高欢率部攻打西魏宇文泰,与斛律金合唱《敕勒歌》鼓舞士气,挽转了颓势。

歌具莽苍之气,北歌本色。《乐府诗集》入"杂歌谣辞"。据说本鲜卑语,译为汉语,此说不可靠。

此外,北朝民歌材料,均被保存在《乐府诗集》之《梁鼓角横吹曲》中。

1.《企喻歌》 《唐氏·乐志》:"鲜卑吐谷浑部落稽三国皆马上乐也。"

2.《琅琊王歌》 姚秦时。

3.《慕容垂歌》 此类歌不能说谁作的。

4.《紫骝马歌》

5.《折杨柳歌》 "上马不捉鞭,反折杨柳枝。"折柳当马鞭用,非为赠别。与江南不同。

6.《陇头歌》

7.《隔谷歌》

这些都是短歌,长篇杰作为《木兰诗》。北朝情歌佳者又有魏太后之《杨白花》(见《古诗源》)。

(二)木兰诗

《木兰诗》[1]列《乐府诗集》,隶"鼓角横吹

◆ 斛,hú。斛律金(488—567):字阿六敦,朔州(今山西朔州市)人,敕勒族。北魏、东魏、北齐三朝将领。

◆ 唐氏:应为"唐书"。这里指《旧唐书》。

◆ 姚秦:十六国之一。淝水之战后,羌族贵族姚苌于公元384年称王,两年后称帝,国号秦,建都长安(今陕西西安市西北),史称"后秦",亦称"姚秦"。

---

[1] 见课后延展阅读:《木兰诗》。

第四课　南北朝的民歌及新乐府

曲"，北朝长篇杰作。

《木兰诗》，北朝的民歌。木兰盖复姓，夷女也。

1.《木兰诗》之产生年代

《木兰诗》古人有以为是汉魏作品（一说曹子建）；有以为是隋唐人作，诗中"朝气传金柝，寒光照铁衣。将军百战死，壮士十年归"诗句之律诗声调，类唐诗（谓李白或韦元甫作）。

当代论及《木兰诗》之年代问题，可参考：

（1）姚大荣两篇文章：《木兰从军时地表微》（《东方杂志》廿二卷二号）、《木兰从军时地表微补述》（《东方杂志》廿二卷廿三号）。

（2）徐中舒两篇文章：《木兰歌再考》（《东方杂志》廿二卷十四号）、《〈木兰歌〉再考补篇》（《东方杂志》廿三卷十一号）。

（3）张为骐《木兰诗时代辨疑》（《国学月报》二卷四号）。

姚说《木兰诗》著于隋，徐说著于唐，张说著于北朝。以上诸说以张说为允。

张为骐主张著于北朝，其理由是：

① 以诗始见著录于《古今乐录》，而《古今乐录》一书是陈沙门智匠撰（见《隋书·经籍志》《宋史·艺文志》），《古今乐录》所论不及梁以后作品。

② 又此诗见于《古文苑》，而《古文苑》中作品止于北周，故此诗当在北周以前。

③ 况且，北朝民歌中有《折杨柳歌》四曲，其

◆朔气：北方的寒气。
◆柝，tuò。金柝：即刁斗，古代军中夜间报更用器。

◆《〈木兰歌〉再考补篇》：应为《木兰歌再考补篇》。

◆骐，qí。

◆力力：象声词。叹息声。

◆蠕蠕：即柔然，古族名。也称"芮芮""茹茹"，在西魏废帝元年（552）并入突厥。

◆胶柱鼓瑟：亦作"胶柱调瑟"。柱，瑟上短木，用以张弦并调节声音。柱被粘住，音调就不能调节。比喻固执拘泥，不知变通。

◆玉珂：马络头上的装饰物，多为玉制，也有用贝制的。

◆金距：装在斗鸡距上的金属假距。

◆锷：刀剑的刃。

◆交河：古县名，今新疆吐鲁番市西北有交河城故址。

◆"当窗理云鬓，对镜贴花黄"：应为"当窗理云鬓，对镜帖花黄"。

◆中川：江中。

◆曙：天刚亮；拂晓。耿耿：明亮。曙耿耿：指微弱的曙光。

◆悫，què，即悫。萧悫：生卒年不详，字仁祖，南兰陵（今江苏常州市西北）人。北齐诗人。

后二曲如下：

　　敕敕何力力，女子临窗织。不闻机杼声，只闻女叹息。

　　问女何所思，问女何所忆。阿婆许嫁女，今年无消息。

《木兰诗》当与之同时，或由此变来。

其说甚是。至于说木兰所征者是"蠕蠕"，未免胶柱鼓瑟了。

《木兰诗》中有"可汗大点兵"语，明末徐燉《笔精》云："后魏太武帝时'蠕蠕'始自号伊利可汗，则是辞当系晋以后人所作也，或疑'万里赴戎机'（关山度若飞。朔气传金柝，寒光照铁衣）四语如唐人诗，遂以为唐人伪为之，不知齐梁如此句甚多，如'玉珂鸣战马，金距斗场鸡。莲花穿剑锷，秋月掩刀环。绝漠冲风急，交河夜月明'等句，不类唐人句法耶？如'当窗理云鬓，对镜贴花黄'大类齐梁口吻，予谓此辞出齐梁作者无疑。"《笔精》又云："六朝诗句法与唐人类者，如'朔风动秋草，边马有归心。乱流趋正绝，孤屿媚中川。野旷沙岸静，天高秋月明。铜陵映碧涧，石窦泻红泉。归华先委落，别叶早辞风。胡风吹朔雪，千里度龙山。秋河曙耿耿，寒渚夜苍苍。云去苍梧野，水还江汉流'实开盛唐之门户也。"

按：北齐颜之推诗"露鲜华剑彩，月照宝刀新"。陈张正见诗"朔气凌疏木，江风送上潮"。对仗亦工整。再如北齐萧悫《和崔侍中从驾经山寺》一首，亦是五律，其中警句为："野禽喧曙色,山树动秋声。云表金轮见,岩端画栱明。"对仗甚工也。又萧悫《秋思》云:"芙蓉露下落,杨柳月中疏。"逼近唐人。齐梁以后的诗近于唐诗的很多。

可知《木兰诗》是北朝的民歌,约在北齐末年北周初年。木兰是异族女子,复姓(姓花说非),汉族化了,观其装扮可知,孝顺观念和贞节观念可知。

2. 木兰之姓氏及里居

1936年4月10日《北平新生报·文艺周刊》载尧公作《木兰故事考辨》,据其所考,木兰之姓氏及里居颇多异说。

(1)或谓木兰姓魏,谯郡东魏村人。隋恭帝时募兵戍北方,木兰代父从军。俞正燮《癸巳存稿》已辨之。隋恭帝不能有十二年,姓名事迹皆不足据。(云魏氏女及隋恭帝时者据《大清一统志》《江南通志》《颍州列女》《商邱志》《亳州志》、张希良《孝烈将军传》)颍州、亳州、商邱三《志》,均言木兰为魏村人,实属一系,中以商邱最为征实,营郭镇有孝烈庙,实则孝烈庙原为昭烈小娘子祠,乃金太初时宰相木兰公之女耳。张冠李戴因此致误。

(2)以木兰姓花,徐文长剧本,木兰代父花弧从军。陈天策谓《四声猿》借题发抒,殊不足据。

(3)以木兰姓朱,明辽东巡抚张涛题建木兰山将军庙奏疏,以为唐节度使朱异。《木兰传》又谓其父朱寿甫,说者以为或名异,字寿甫,此说观

◆金轮:喻太阳。
◆画栱:有画饰的斗拱。

◆尧,ráo。尧公:即谢兴尧(1906—2006),号五知,别号老长毛、尧公等,四川射洪人。中国当代史学家、藏书家。

◆燮,xiè。俞正燮(1775—1840):字理初,安徽黟(yī)县人。清学者、文学家。

《木兰诗》，知其父不得为节度使，决是妄说。

（4）或谓木兰完县人（在河北保定之西），《保定府志》及《完县志》均载之。在隋唐时确为塞北，且庙建于唐，较商邱孝烈祠为早。完县城东有木兰墓，诸家以杜牧游河北题木兰庙诗为证。唯又有人以杜牧此诗为黄州刺史时作，故又以木兰为黄陂人。黄陂亦有木兰庙，谓黄陂朱氏女。据尧公考，实因杜牧诗或以为作在河北，或以为作在黄州，遂有完县及黄陂二说耳。言黄陂者未免与木兰"朝辞爷娘去，暮宿黄河边"不合，昔人亦已驳之。或因黄陂有木兰山之故而误。

据尧公意，木兰生长地在今陕西延安绥德附近，未说理由，大概据《木兰诗》推定之耳。

姚大荣谓木兰从军隶梁师都部，因梁师都在隋末，又以称可汗，又称天子，其地望又合，非他莫属。徐中舒辨之。

《木兰诗》有诗句曰"旦辞黄河去，暮至黑水头"。按黑水，查《地名大辞典》，有许多水皆可称为黑水：①甘肃张掖县界之张掖河；②伊吾县之大通河；③敦煌北之党河；④山西寿阳县之黑水；⑤山西翼城县北之黑水；⑥陕西甘泉县乐之库利川；⑦陕西城固县北有黑水，诸葛亮笺"朝发素郑，暮宿黑水"即是水；⑧甘肃海原县南有大小二黑水；⑨在甘肃文县西北徼外有黑水；⑩尚安县之黑水；⑪南广水，符县之黑水；⑫源出绥远境鄂尔多斯右翼前旗西南，蒙古名库葛尔黑河，一曰哈柳图河，东入边墙，在陕西横山县北东流入无定河，

◆陂，pí。黄陂：今湖北武汉市黄陂区。

◆张掖县：今甘肃张掖市。

◆徼，jiào，边界。

◆符县：古县名，今四川泸州市合江县。

◆绥远：旧省级行政区，1954年撤销并入内蒙古自治区。

◆横山县：今陕西榆林市横山区。

《晋书》载记，赫连勃勃于黑水之南营都城是也；⑬在绥远归绥县，即黑河，亦名金河（按：黑河自归绥西流至包头入黄河）。

按：诗言与燕山为邻（"但闻燕山胡骑声啾啾"），则与⑫⑬为近（⑫在绥远境南，陕西北，亦较近者）。莪公谓木兰生在延安绥德间，则至黄河一天路程，由黄河至无定河入绥远境亦一天路程，甚速。如定以⑬之黑水，即黑河，则木兰里居应在山西北部或绥远境内。

燕山，河北蓟县东南。燕山州，唐置，当在宁夏省之东南境。燕山离绥远实远。唐之燕山州则离绥远之红柳河及黑河较近，离红柳河尤近。

梁师都据朔方，隋时朔方郡故治在今陕西横山县西。

木兰代父从军的英雄传奇故事从古至今广泛流传，影响深远。抗战期间，有湖南女子李治云，以女扮男，从军杀敌，越万里，时经十年。凡所阅历，可歌可泣。至胜利后始因家信被人识破，社会竞传，以现代花木兰称之，传为美谈。

（选自《中国文学史稿》魏晋南北朝隋唐卷，浦江清著，浦汉明、彭书麟整理）

◆ "但闻燕山胡骑声啾啾"：另有"但闻燕山胡骑鸣啾啾"一说。

◆ 蓟县：今天津蓟州区。

◆ 宁夏省：今宁夏回族自治区。

延展阅读

西洲曲

[南北朝] 佚名

【原文】

忆梅下西洲,折梅寄江北。
单衫杏子红,双鬓鸦雏色。
西洲在何处?两桨桥头渡。
日暮伯劳飞,风吹乌白树。
树下即门前,门中露翠钿。
开门郎不至,出门采红莲。
采莲南塘秋,莲花过人头。
低头弄莲子,莲子青如水。
置莲怀袖中,莲心彻底红。
忆郎郎不至,仰首望飞鸿。
鸿飞满西洲,望郎上青楼。
楼高望不见,尽日栏杆头。
栏杆十二曲,垂手明如玉。
卷帘天自高,海水摇空绿。
海水梦悠悠,君愁我亦愁。
南风知我意,吹梦到西洲。

【译文】

　　想念之前梅花盛开的时候在西洲相会,想折一支梅花寄给住在江北的情郎。

　　身上穿着红杏色的单薄衣衫,头发乌黑发亮,像小乌鸦的颜色。

西洲在哪里呢？用两支桨划着小船，经过桥头，穿过渡口就到了。

傍晚时分伯劳鸟飞过，晚风吹过乌桕树。

乌桕树下就是她的家，从门里可以看到她头上戴的翠绿首饰。

打开门没有看到心上人，于是出门去采红色的荷花。

秋天在南塘采莲子，盛开的莲花高过人头。

低着头摆弄莲子，青色的莲子和绿水的颜色一样。

把莲子放在怀里，看到莲心是红色的。

想念郎君但他仍没有来，抬起头仰望飞过的鸿雁。

西洲飞满大雁，走上青楼遥望郎君回来没有。

楼虽然很高但仍然望不到郎君，整日倚靠在栏杆旁。

栏杆曲曲折折，垂下的双手像玉一样白润。

卷起帘子看到天空那么高，江水荡漾着碧波。

江水和梦一样悠长，你忧愁我也忧愁。

南风如果知道我的心意，请把我的梦吹到西洲。

木兰诗

[南北朝] 佚名

【原文】

唧唧复唧唧，木兰当户织。不闻机杼声，惟闻女叹息。问女何所思，问女何所忆。女亦无所思，女亦无所忆。昨夜见军帖，可汗大点兵。军书十二卷，卷卷有爷名。阿爷无大儿，木兰无长兄。愿为市鞍马，从此替爷征。

东市买骏马，西市买鞍鞯（jiān），南市买辔（pèi）头，北市买长鞭。旦辞爷娘去，暮宿黄河边，不闻爷娘唤女声，但闻黄河流水鸣溅（jiān）溅。旦辞黄河去，暮至黑山头，不闻爷娘唤女声，但闻燕山胡骑鸣啾啾。

万里赴戎机，关山度若飞。朔气传金柝，寒光照铁衣。将军百战死，壮士十年归。

归来见天子，天子坐明堂。策勋十二转（zhuǎn），赏赐百千强。可汗问所欲，木兰不用尚书郎，愿驰千里足，送儿还故乡。

爷娘闻女来，出郭相扶将；阿姊闻妹来，当户理红妆；小弟闻姊来，磨刀霍霍向猪羊。开我东阁门，坐我西阁床。脱我战时袍，著（zhuó）我旧时裳（cháng）。当窗理云鬓，对镜帖花黄。出门看火伴，火伴皆惊忙。同行十二年，不知木兰是女郎。

雄兔脚扑朔，雌兔眼迷离；双兔傍地走，安能辨我是雄雌？

【译文】

织布机不停地发出唧唧的声音，木兰对着门织布。忽然听不到织布的声音，只听到女儿的叹息声。问女儿在想什么？在回忆什么？我什么也没想，什么也没回忆。昨天晚上看到征兵的文书，君王在大规模征召兵士，那么多卷军事文书，每一卷都有父亲的名字。父亲没有年长的儿子，我没有哥哥。我愿意到集市上买马鞍和马匹，从此替代父亲入伍。

在东边集市买骏马，在西边集市买马鞍和马鞯，在南边集市买马笼头，在北边集市买马鞭。早晨辞别爹娘，晚上在黄河边宿营，听不到爹娘叫我的声音，只听到黄河的流水声。早晨离开黄河，晚上到达黑山，听不到爹娘叫我的声音，只听到旁

第四课　南北朝的民歌及新乐府

边的燕山胡人战马的嘶鸣声。

不远万里，赶赴战场，翻越一座座山，跨过一道道关。北方凛冽的寒气中传来打更的声音，清冷的月光照着将士的铠甲。将士们身经百战，有的战死沙场，有的胜利而归。

归来朝见天子，天子坐在明堂上。授予我很高的功勋爵位，赏赐给我数以千百的金钱。天子问我有什么要求，我说不愿做尚书的官职，希望骑着千里马，送我回到故乡。

爹娘听说女儿要回来了，互相搀扶着到城外迎接；姐姐听说妹妹要回来了，在窗前梳妆打扮；弟弟听说姐姐要回来了，忙着磨刀准备杀猪宰羊。打开东边的卧房门，坐在西边卧房的床上。脱掉打仗时穿的战袍，穿上以前的女装，对着窗子梳理头发，照着镜子在脸上贴上面饰。走出门去看伙伴，大家都很吃惊，一起同吃同住那么多年，竟然不知道木兰是女孩子。

提着兔子的耳朵悬浮在半空，雄兔子的两只前脚不停地乱动，雌兔子的眼睛时常眯着，所以容易辨识。雌雄兔子贴着地面跑，怎么能分辨哪只是雄，哪只是雌呢？

双兔傍地走,安能辨我是雄雌?

第五课
四 杰

主讲人 闻一多

继承北朝系统而立国的唐朝的最初五十年代，本是一个尚质的时期，王、杨、卢、骆都是文章家，"四杰"这徽号，如果不是专为评文而设的，至少它的主要意义是指他们的赋和四六文。谈诗而称"四杰"，虽是很早的事，究竟只能算借用。是借用，就难免有"削足适履"和"挂一漏万"的毛病了。

按通常的了解，诗中的"四杰"是唐诗开创期中负起了时代使命的四位作家，他们都年少而才高，官小而名大，行为都相当浪漫，遭遇尤其悲惨（四人中三人死于非命）——因为行为浪漫，所以受尽了人间的唾骂；因为遭遇悲惨，所以也赢得了不少的同情。依这样一个概括、简明，也就是肤廓的了解，"四杰"这徽号是满可以适用的，但这也就是它的适用性的最大限度。超过了这限度，假如我们还问道：这四人集团中每个单元的个别情形和相互关系，尤其他们在唐诗发展的路线网里，究竟代表着哪一条或数条线，和这线在网的整个体系中所担负的任务——假如问到这些方面，"四杰"这徽号的功用与适合性，马上就成问题了。因为诗中的

◆ 四杰：唐代初年，王勃、杨炯、卢照邻、骆宾王以文词齐名，被称为"初唐四杰"。他们的诗文虽还承沿南朝齐梁以来的绮丽习气，但题材较广泛，风格也较清峻，对唐代文学风气的转变起了一定作用。

◆ "四人中三人死于非命"是指：王勃因渡海溺水，受惊而死。卢照邻投颍水而死。骆宾王随徐敬业起兵反对武则天，兵败后不知所终。

"四杰"，并非一个单纯的、统一的宗派，而是一个大宗中包孕着两个小宗，而两小宗之间，同点恐怕还不如异点多，因之，在讨论问题时，"四杰"这名词所能给我们的方便，恐怕也不如纠葛多。数字是个很方便的东西，也是个很麻烦的东西。既在某一观点下凑成了一个数目，就不能由你在另一观点下随便拆开它。不能拆开，又不能废弃它，所以就麻烦了。"四杰"这徽号，我们不能也不想废弃，可是我承认我是抱着"息事宁人"的苦衷来接受它的。

"四杰"无论在人的方面，或诗的方面，都天然形成两组或两派。先从人的方面讲起。

将四人的姓氏排成"王、杨、卢、骆"这特定的顺序，据说寓有品第文章的意义，这是我们熟知的事实。但除这人为的顺序外，好像还有一个自然的顺序，也常被人采用——那便是序齿的顺序。我们疑心张说《裴公神道碑》"在选曹见骆宾王、卢照邻、王勃、杨炯"，和郗云卿《骆丞集序》"与卢照邻、王勃、杨炯文词齐名"，乃至杜诗"纵使卢王操翰墨"等语中的顺序，都属于这一类。严格的序齿应该是卢、骆、王、杨，其间卢、骆一组，王、杨一组，前者比后者平均大了十岁的光景。然则卢、骆的顺序，在上揭张、郗二文里为什么都颠倒了呢？郗序是为了行文的方便，不用讲。张碑，我想是为了心理的缘故，因为骆与裴（行俭）交情特别深，为裴作碑，自然首先想起骆来。也许骆赴选曹本在先，所以裴也先见到他。果然如此，则先骆

◆序齿：按年龄大小排定先后顺序。

◆说，yuè。张说（667—731）：字道济，一字说之，洛阳（今属河南）人。

第五课　四　杰

后卢，是采用了另一事实作标准。但无论依哪个标准说，要紧的还是在张、郗两文里，前二人（骆、卢）与后二人（王、杨）之间的一道鸿沟（即平均十岁左右的差别）依然存在。所以即使张碑完全用的另一事实——赴选的先后作为标准，我们依然可以说，王、杨赴选在卢、骆之后，也正说明了他们年龄小了许多。实在，卢、骆与王、杨简直可算作两辈子人。据《唐会要》卷八二，"显庆二年，诏征太白山人孙思邈入京，卢照邻、宋令文、孟诜皆执师贽之礼"。令文是宋之问的父亲，而之问是杨炯同僚的好友。卢与之问的父亲同辈，而杨与之问本人同辈，那么卢与杨岂不是不能同辈了吗？明白了这一层，杨炯所谓"愧在卢前，耻居王后"，便有了确解。杨年纪比卢小得多，名字反在卢前，有愧不敢当之感，所以说"愧在卢前"，反之，他与王多分是同年，名字在王后，说"耻居王后"，正是不甘心的意思。

　　比年龄的距离更重要的一点，便是性格的差异。在性格上，"四杰"也天然形成两种类型，卢、骆一类，王、杨一类。诚然，四人都是历史上著名的"浮躁浅露"不能"致远"的殷鉴，每人"丑行"的事例，都被谨慎地保存在史乘里了，这里也毋庸赘述。但所谓"浮躁浅露"者，也有程度深浅的不同。杨炯，相传据裴行俭说，比较"沉静"。其实王勃，除擅杀官奴那不幸事件外（杀奴在当时社会上并非一件太不平常的事），也不能算过分的"浮躁"。一个人在短短二十八年的生命里，已经

◆殷鉴：原指殷人灭夏，殷的子孙应该以夏的灭亡作为鉴戒。后来泛指可以作为后人鉴戒的前人失败的事。

◆乘，shèng。史乘：记载历史的书。

完成了这样多方面的一大堆著述：

《舟中纂序》五卷、《周易发挥》五卷、《次论语》十卷、《汉书指瑕》十卷、《大唐千岁历》若干卷、《黄帝八十一难经注》若干卷、《合论》十卷、《续文中子书序诗序》若干篇、《玄经传》若干卷、《文集》三十卷。

能够浮躁到哪里去呢？同王勃一样，杨炯也是文人而兼有学者倾向的，这满可以从他的《天文大象赋》和《驳孙茂道苏知几冕服议》中看出。由此看来，王、杨的性格确乎相近。相应的，卢、骆也同属于另一类型，一种在某项观点下真可目为"浮躁"的类型。久历边塞而屡次下狱的博徒革命家，骆宾王不用讲了。看《穷鱼赋》和《狱中学骚体》，卢照邻也不像是一个安分的分子。骆宾王在《艳情代郭氏答卢照邻》里，便控告过他的薄幸。然而按骆宾王自己的口供：

但使封侯龙额贵，讵随中妇凤楼寒？

他原也是在英雄气概的烟幕下实行薄幸而已。看《忆蜀地佳人》一类诗，他并没有少给自己制造薄幸的机会。在这类事上，卢、骆恐怕还是一丘之貉。最后，卢照邻那悲剧性的自杀，和骆宾王的慷慨就义，不也还是一样？同是用不平凡的方式自动地结束了不平凡的一生，只是一悱恻，一悲壮，各有各的姿态罢了。

这几乎是不可避免的发展，由年龄的两辈和性格的两类型，到友谊的两个集团。果然，卢、骆二人交情，可凭骆的《艳情代郭氏答卢照邻》诗来

◆ 博徒：赌徒。

◆ 龙额：另有"龙额（é）""龙雒"之说。"龙额侯"的省称。侯名。汉韩说、韩增曾封此侯。后泛指宠幸之臣。

坐实，而王、杨的契合，则有王的《秋日饯别序》和杨的《王勃集序》可证。反之，卢或骆与王或杨之间，就看不出这样紧凑的关系来。就现存各家集中所可考见的说，卢、王有两首同题分韵的诗，卢、杨有一首同题同韵的诗，可见他们两辈人确乎在文酒之会中常常见面。可是太深的交情，恐怕谈不到。他们绝少在作品里互相提到彼此的名字，有之，只杨在《王勃集序》中说到一次"薛令公朝右文宗，托末契而推一变；卢照邻人间才杰，览清规而辍九攻"，这反足以证明卢、骆与王、杨属于两个壁垒，虽则是两个对立而仍不失为友军的壁垒。

于是，我们便可谈到他们——卢、骆与王、杨——另一方面的不同了。年龄的不同辈、性格的不同类型、友谊的不同集团和作风的不同派，这些不也正是一贯的现象吗？其实，不待知道"人"方面的不同，我们早就应该发觉"诗"方面的不同了。假如不受传统名词的蒙蔽，我们早就该惊讶，为什么还非维持这"四"字不可，而不仿"前七子""后七子"的例，称卢、骆为"前二杰"，王、杨为"后二杰"？难道那许多迹象，还不足以证明他们两派的不同吗？

首先，卢、骆擅长七言歌行，王、杨专工五律，这是两派选择形式的不同。当然卢、骆也作五律，甚至大部分篇什还是五律，而王、杨一派中至少王勃也有些歌行流传下来，但他们的长处绝不在这些方面。像卢集中的：

    风摇十洲影，日乱九江文。（《赠李荣道士》）

◆"薛令公……辍九攻"是指：唐初，薛元超时任宰相，为文坛领袖，大力举荐王勃、杨炯等人，支持诗歌革新，推动文坛风气的变化。卢照邻是人杰才俊，坚决反对齐梁浮靡的诗风。

◆前七子：形成于明代弘治、正德年间（1488—1521）的文学流派，以李梦阳、何景明为首，与徐祯卿、边贡、康海、王九思、王廷相并称，史称"前七子"。他们标举复古，倡言"文必秦汉、诗必盛唐"，以矫台阁体余风。

◆后七子：形成于明代嘉靖、隆庆年间（1522—1572）的文学流派，以李攀龙、王世贞为首，与谢榛、宗臣、梁有誉、徐中行、吴国伦并称，史称"后七子"。文学主张基本与前七子相同。

◆十洲：古代传说大海中神仙居住的十处名山胜境，后为道教承袭。亦泛指仙境。

◆文：水的波纹。

◆水箭：喻急流。

◆山椒：山顶。

◆歌行：古代诗歌的一体。汉魏以下的乐府诗，题名为"歌"和"行"的颇多，二者虽名称不同，其实并无严格的区别。后遂有"歌行"一体。其形式较自由。大抵模拟乐府诗风格，语言通俗流畅，文辞比较铺展。其中多有叙事之作。

◆《滕王阁歌》：即《滕王阁序》。

　　　　川光摇水箭，山气上云梯。（《山庄休沐》）
和骆集中这样的发端：
　　　　故人无与晤，安步陟山椒……（《冬日野望》）
在那贫乏的时代，何尝不是些夺目的珍宝？无奈这些有句无章的篇什，除声调的成功外，还是没有超过齐、梁的水准。骆比较有些"完璧"，如《在狱咏蝉》之类，可是又略无警策。同样，王的歌行，除《滕王阁歌》外，也毫不足观。便说《滕王阁歌》和他那典丽凝重，与凄情流动的五律比起来，又算得了什么呢！

　　杜甫《戏为六绝句》第三首说"纵使卢王操翰墨，劣于汉魏近风骚"。这里是以卢代表卢、骆，王代表王、杨，大概不成问题。至于"劣于汉魏近风骚"，假如可以解作王、杨"劣于汉魏"，卢、骆"近风骚"，倒也有它的妙处，因为卢、骆那用赋的手法写成的粗线条的宫体诗，确乎是《风》《骚》的余响，而王、杨的五言，虽不及汉魏，却越过齐、梁，直接上晋、宋了。这未必是杜诗的原意，但我们不妨借它的启示来阐明一个真理。

　　卢、骆与王、杨选择形式不同，是由于他们两派的使命不同。卢、骆的歌行，是用铺张扬厉的赋法膨胀过了的乐府新曲，而乐府新曲又是宫体诗的一种新发展，所以卢、骆实际上是宫体诗的改造者。他们都曾经是两京和成都市中的轻薄子，他们的使命是以市井的放纵改造宫廷的堕落，以大胆代替羞怯，以自由代替局缩，所以他们的歌声需要大开大合的节奏，他们必须以赋为诗。正如宫体诗

第五课 四 杰

在卢、骆手里是由宫廷走到市井，五律到王、杨的时代是从台阁移至江山与塞漠。台阁上只有仪式的应制，有"缔句绘章，揣合低卬"。到了江山与塞漠，才有低回与怅惘、严肃与激昂，例如王的《别薛升华》《送杜少府之任蜀州》❶和杨的《从军行》❷《紫骝马》一类的抒情诗。抒情的形式，本无须太长，五言八句似乎恰到好处。前乎王、杨，尤其应制的作品，五言长律用的还相当多。这是该注意的！五言八句的五律，到王、杨才正式成为定型，同时完整的真正唐音的抒情诗也是这时才出现的。

将卢、骆与王、杨对照着看，真是一个说不尽的话题。我在旁处曾说明过从卢、骆到刘（希夷）、张（若虚）是一贯的发展，现在还要点醒，王、杨与沈、宋也是一脉相承。李商隐早无意地道着了秘密：

沈宋裁辞矜变律，王杨落笔得良朋。当时自谓宗师妙，今日惟观属对能。（《漫成章》）

以沈、宋与王、杨并举，实在是最自然、最合理的看法。"律"之"变"，本来在王、杨手里已经完成了，而沈、宋也是"落笔得良朋"的妙手。并且我们已经提过，杨炯和宋之问是好朋友。如果我们再知道他们是好到如之问《祭杨盈川文》所说的那程度，我们便更能了然于王、杨与沈、宋所以是一脉相承之故。老实说，就奠定五律基础的观点看，王、杨与沈、宋未尝不可视为一个集团，因此也有资格承受"四杰"的徽号，而卢、骆与刘、张也同

◆ 缔，chī，修饰文词。卬，áng，高。"缔句绘章，揣合低卬"意为：雕琢文辞，修饰章句，迎合音节的高低。

◆ 沈、宋：指初唐诗人沈佺期（约656—716）、宋之问（约656—713）。此二人以律诗见长，对近体诗格律形式的完成颇有贡献。

◆ 刘、张：指初唐诗人刘希夷（651—约679）、张若虚（生卒年不详）。

---

❶ 见课后延展阅读：《送杜少府之任蜀州》。
❷ 见课后延展阅读：《从军行》。

样有理由，在改良宫体诗的观点下，被称为另一组"四杰"。一定要墨守着先入为主的传统观点，只看见"王、杨、卢、骆"之为"四杰"，而抹杀了一切其他的观点，那只是拘泥、顽冥，甘心上传统名词的当罢了。

将卢、骆与王、杨分别地划归了刘、张与沈、宋两个集团后，再比较一下刘、张与沈、宋在唐诗中的地位，便也更能了解卢、骆与王、杨的地位了。五律无疑是唐诗最主要的形式，在那时人心目中，五律才是诗的正宗。沈、宋之被人推重，理由便在此。按时人安排的顺序，王、杨的名字列在卢、骆之上，也正因他们的贡献在五律，何况王、杨的五律是完全成熟了的五律，而卢、骆的歌行还不免于草率、粗俗的"轻薄为文"呢？论内在价值，当然王、杨比卢、骆高。然而，我们不要忘记卢、骆曾用以毒攻毒的手段，凭他们那新式宫体诗，一举摧毁了旧式的"江左余风"的宫体诗，因而给歌行体芟除了芜秽，开出一条坦途来。若没有卢、骆，哪会有刘、张，哪会有《长恨歌》《琵琶行》《连昌宫词》和《秦妇吟》，甚至于李、杜、高、岑呢？看来，在文学史上，卢、骆的功绩并不亚于王、杨。后者是建设，前者是破坏，他们各有各的使命。负破坏使命的，本身就得牺牲，所以失败就是他们的成功。人们都以成败论事，我却愿向失败的英雄们多寄予点同情。

（选自《闻一多全集》）

送杜少府之任蜀州
[唐]王勃

【原文】

城阙辅三秦,风烟望五津。
与君离别意,同是宦游人。
海内存知己,天涯若比邻。
无为在歧路,儿女共沾巾。

【译文】

三秦之地护卫着京都长安,在茫茫的烟雾中遥望蜀地。
和您分别心中有很多感想,我们都是外出做官的人。
四海之内只要有知心朋友,即使远在天边也像近处的邻居一样。
不需要在岔路口告别时,像恋爱中的青年男女一样泪水沾满衣裳。

从军行
[唐]杨炯

【原文】

烽火照西京,心中自不平。
牙璋辞凤阙,铁骑绕龙城。

雪暗凋旗画,风多杂鼓声。
宁为百夫长,胜作一书生。

【译文】
边防告急的烟火传到都城长安,我的心中难以平静。
奉命出征的将帅辞别皇宫,精锐的骑兵包围了敌军的城池。
大雪使军旗上的图案都暗淡了,狂风呼啸夹杂着战鼓的声音。
我宁愿做百夫长这样的低级军官,也胜过做舞文弄墨的书生。

滕王高阁临江渚

主讲人 浦江清

第六课
王维与孟浩然

一、王维

王维（701—759或761），王维卒年，《旧唐书》称乾元二年（公元759年），另一说为上元初年（公元761年）。待查。字摩诘，河东（今山西省）人。维摩诘是印度的居士，未出家而信仰佛教者。译意则无垢，净名。

王维，开元九年进士，擢第，调太乐丞。张九龄执政，擢右拾遗。《集异记》言维未冠，文章得名，妙能琵琶，岐王引至公主第，使为伶人，进新曲，号《郁轮袍》，并出所作，公主大奇之云云。唐代文人须由权贵进身，维亦不免如此。此为小说家言，未必可信。唯王维集中多有从岐王宴诗。迁监察御史，拜吏部郎中，天宝末为给事中。

安禄山陷两都，维为贼所得。《旧唐书》载，天宝末，维为官给事中，扈从不及，为贼所得，服药取痢，诈称瘖病。禄山素怜之，遣人迎至洛阳，拘于普施寺，迫以伪署。贼平，陷贼官三等定罪，维以《凝碧》诗闻于行在，肃宗特宥之，责授太子中允。时王维诈病被拘，禄山宴其徒于凝碧宫，

◆ 上元初年：应为"上元二年"。

◆ 未冠：指未满二十岁。古代男子年二十行冠礼表示成年。

◆ 岐王：指李范（686—726）。唐睿宗李旦第四子。支持唐睿宗复位，被封为岐王。

◆ 公主：指玉真公主（？—762），唐睿宗李旦第九女。唐玄宗李隆基胞妹。王维凭借出众的才华得到玉真公主举荐，步入仕途。

◆ 瘖，yīn，因某种疾病而不能言语的现象。

◆ 宥，yòu，宽恕，赦罪。

其工皆梨园弟子、教坊工人，维闻之悲恻，潜为诗曰：

　　万户伤心生野烟，百僚何日再朝天。
　　秋槐叶落空宫里，凝碧池头奏管弦。

《全唐诗》录此诗，题云《菩提寺禁，裴迪来相看，说逆贼等凝碧池上作音乐，供奉人等举声便一时泪下，私成口号，诵示裴迪》。

除《凝碧》诗闻于行在之外，会其弟王缙时任宰相，请削官以赎兄罪，特宥之。

乾元中，迁中书舍人，复拜给事中，转尚书右丞，故后世称王右丞。

维工书画，亦知音乐，精通各种艺术。弟兄俱奉佛，居常蔬食，晚年长斋，不衣文采。得宋之问蓝田别墅在辋川。与道友裴迪浮舟往来，弹琴赋诗。聚其田园所为诗，号《辋川集》。退朝之后，焚香独坐，以禅诵为事。妻亡不再娶。三十年孤居一室，屏绝尘累。乾元二年七月卒。

代宗时，其弟缙为宰相。代宗谓王缙曰：朕于诸王座闻维乐章，今传几何？遣中人往取，缙搜集数百篇上之。

王维才高，奉和圣制诸诗，颇得台阁之体，而自放山水，又多清远之诗，究以山水诗为最佳。辋川题咏皆用五绝，音响尤佳。

王维诗最通俗知名者有《渭城曲》：

　　渭城朝雨浥轻尘，客舍青青柳色新。
　　劝君更尽一杯酒，西出阳关无故人。

此诗一题作《送元二使安西》，"柳色新"一作

◆辋，wǎng，车轮周围的框子。辋川：古水名，即辋谷水。诸水会合如车辋环凑，故名。在今陕西西安市蓝田县南，源出秦岭北麓，北流至县南入灞水。

◆渭城：古县名。本秦都咸阳县，汉高祖元年（前206）改名新城，七年废。元鼎三年（前114）复置，改名渭城，治今陕西咸阳市东北窑店镇一带，因南临渭水得名。东汉并入长安县。

◆"阳关三叠"：琴曲。今存琴歌谱。各派琴谱均以唐王维《送元二使安西》诗为主要歌词，并引申诗意，增添词句，抒写离情别绪。因全曲分三段，原诗反复三次，故称"三叠"。

◆擅名：享有名望。

◆新丰：古县名。西汉置。治今陕西西安市临潼区东北。汉高祖定都关中，其父思归故里，于是在故秦骊邑仿丰地街巷筑城，并迁故旧居此，以娱其父。高祖七年（前200）置县，十年改名新丰。

◆细柳：古地名。汉代名将周亚夫屯军之地。

◆沈德潜（1673—1769）：字确士，号归愚，长洲（今江苏苏州）人。清诗人。

◆晬，zuì。

"杨柳春"。诗如白话。白居易《对酒》诗云："相逢且莫推辞饮，听唱阳关第四声。"白居易时盛行此歌，亦称《阳关曲》，后人续添为"阳关三叠"，为唐人送别诗之上乘，亦为千古送行绝唱。七绝于《渭城曲》外尚有《少年行》❶四首，亦佳。另一首诗《九月九日忆山东兄弟》亦很著名，亦明白如话：

　　独在异乡为异客，每逢佳节倍思亲。
　　遥知兄弟登高处，遍插茱萸少一人。

盛唐时七绝之体已很发达，如王昌龄、高适、王之涣等擅名，多以边塞为题材。维诗气象不大，而极自然。

七古亦有名篇，如《陇头吟》《老将行》《夷门歌》《燕支行》《桃源行》《洛阳女儿行》等。

五律如《观猎》（一作《猎骑》）：

　　风劲角弓鸣，将军猎渭城。
　　草枯鹰眼疾，雪尽马蹄轻。
　　忽过新丰市，还归细柳营。
　　回看射雕处，千里暮云平。

这是一首极佳之作，沈德潜《说诗晬语》评曰："王右丞'风劲角弓鸣'一篇，神完气足，章法句法字法，俱臻绝顶。"在王维诗作中，如此雄健风格的诗虽不多，但颇有特色，类似的还有五律《使至塞上》：

　　单车欲问边，属国过居延。

---

❶ 见课后延展阅读：《少年行四首·其一》。

征蓬出汉塞，归雁入胡天。

大漠孤烟直，长河落日圆。

萧关逢候骑，都护在燕然。

"大漠孤烟直，长河落日圆。"大漠、长河、孤烟、落日，描尽大漠气象，"此种境界，可谓千古壮观"（王国维《人间词话》）。

七律如《积雨辋川庄作》❶写幽雅恬静的山居生活，"漠漠水田飞白鹭，阴阴夏木啭黄鹂"充满诗情画意。

王维五古写田园，学陶渊明，写山水，学谢灵运。其诗友有孟浩然、裴迪。裴迪并为道友。王维与胡居士来往，赠诗全谈佛理，亦奇格也。谢灵运以后，复见斯人！比谢灵运变本加厉。又有赠东岳焦炼师焦道士诗。其学陶如《偶然作》六首，又似阮。

王维诗别成一格者为其五言绝句，所谓《辋川集》诗题浏览胜景，同裴迪各有题咏者，可有二十首。王维诗如：

空山不见人，但闻人语响。
返景入山林，复照青苔上。
——《鹿柴》

独坐幽篁里，弹琴复长啸。
深林人不知，明月来相照。
——《竹里馆》

无嵇、阮之狂，而有嵇、阮之静。魏晋人风度。静

◆胡居士：姓名、生平等不详。王维有《冬晚对雪忆胡居士家》《与胡居士皆病寄此诗兼示学人二首》等诗。

◆"返景入山林"：另有"返景入深林"一说。

---

❶ 见课后延展阅读：《积雨辋川庄作》。

境似禅，深于禅寂。格调很高。

王维之山水画，为文人画之祖，南宗。苏轼《书摩诘蓝田烟雨图》曰："味摩诘之诗，诗中有画，观摩诘之画，画中有诗。"

维善音乐，有识《霓裳羽衣图》之故事，见《旧唐书》。

为王维之友，以诗齐名者，有孟浩然，并称"王孟"。（裴迪有《辋川集》诗廿首等，诗少，不足成为大家。）

二、孟浩然

与王维同时以山水诗擅场者有王维友人孟浩然，其人品之高，又出摩诘之上。

孟浩然（689—740），襄阳人。《全唐诗·小传》云："少隐鹿门山，年四十，乃游京师。常于太学赋诗，一座嗟伏。与张九龄、王维为忘形交。维私邀入内署，适明皇至，浩然匿床下。维以实对，帝喜曰：朕闻其人而未见也。诏浩然出，诵所为诗，至'不才明主弃'，帝曰：卿不求仕，朕未尝弃卿，奈何诬我？乃放还。"（此据故事小说，未必可信。《唐诗纪事》云：明皇以张说之荐召浩然，令诵所作云云。）

"诵所为诗"者，即浩然《岁暮归南山》（一题作《归故园作》，一作《归终南山》）：

北阙休上书，南山归敝庐。
不才明主弃，多病故人疏。

◆擅场：压倒全场；超出众人。

◆《全唐诗》：又名《钦定全唐诗》，清代康熙年间彭定求等十人奉敕编的一部唐诗总集，康熙帝作序。共收录唐、五代时期2837位诗人，49403首诗。

◆鹿门山：山名，位于今湖北襄阳市东南。

◆北阙：宫殿北面的门楼，是大臣等候朝见或上书的地方，后用为宫禁或朝廷别称。

白发催年老，青阳逼岁除。

　　永怀愁不寐，松月夜窗虚。

　　王士源《孟浩然集序》云："开元二十八年，王昌龄游襄阳。时浩然疾疹发背，且愈；相得欢甚，浪情宴谑，食鲜疾动，终于冶城南园，年五十有二。"

　　《旧唐书·文苑传》：孟浩然"隐鹿门山，以诗自适。年四十，来游京师，应进士不第，还襄阳。张九龄镇荆州，署为从事，与之唱和。不达而卒"。寥寥数行而已。

　　孟浩然也有出仕的意愿，《书怀贻京邑同好》诗曰："三十既成立，嗟吁命不通。慈亲向羸老，喜惧在深衷。甘脆朝不足，箪瓢夕屡空。执鞭慕夫子，捧檄怀毛公。感激遂弹冠，安能守固穷？"然王士源《孟浩然诗序》又云："山南采访使本郡守昌黎韩朝宗谓浩然间代清律，置诸周行，必咏穆如之颂，因入奏，与偕行，先扬于朝，与期约日引谒。及期，浩然会寮友，文酒讲好甚适。或曰，子与韩公预诺而怠之，无乃不可乎？浩然叱曰，仆已饮矣，身行乐耳，遑恤其他。遂毕席不赴。"对此，孟浩然亦不悔，隐居甚贫。则浩然亦非不求仕者，未达终隐也。

　　李白很敬慕孟浩然，曾以诗赠之曰："吾爱孟夫子，风流天下闻。红颜弃轩冕，白首卧松云。醉月频中圣，迷花不事君。高山安可仰，徒此揖清芬。"（《赠孟浩然》）

　　皮日休《孟亭记》谓"明皇章句之风，大得

◆青阳：指春天。

◆冶城南园：即今湖北襄阳市城南孟浩然故居涧南园。

◆羸老：衰老。
◆甘脆：美味佳肴。
◆箪瓢：盛饭食的箪和盛水或酒的瓢。
◆捧檄：东汉人毛义有孝名。府檄召他为守令，他捧檄而喜形于色，母死后则不再为官。后因以"捧檄"或"毛义捧檄"为奉养母亲而屈志为官的典故。
◆弹冠：弹去帽子上的灰尘。比喻准备出仕。

◆《孟浩然诗序》：应为《孟浩然集序》。

◆李翰林：即李白，曾任翰林供奉，故称。

◆杜工部：即杜甫，曾任检校工部员外郎，故称。

建安体，论者推李翰林杜工部为尤，介其间能不愧者，惟吾乡之孟先生也"。

皮氏赏其五律之佳者，有：

八月湖水平，涵虚混太清。
气蒸云梦泽，波撼岳阳城。
欲济无舟楫，端居耻圣明。
坐观垂钓者，徒有羡鱼情。

——《望洞庭湖赠张丞相》

◆东上：从东边升起。

山光忽西落，池月渐东上。
散发乘夕凉，开轩卧闲敞。
荷风送香气，竹露滴清响。
欲取鸣琴弹，恨无知音赏。
感此怀故人，中宵劳梦想。

——《夏日南亭怀辛大》

◆中宵：中夜，半夜。
◆梦想：梦中怀想。

微云淡河汉，疏雨滴梧桐。（《全唐诗》
注：王士源云：浩然常闲游秘省，秋月新霁，诸英联诗，次当浩然云云，举座嗟其清绝，不复为缀。）

皮日休以为可与萧悫、王融、谢朓争胜。（《唐诗纪事》引）

皮日休论孟诗"得建安"，《吟谱》亦云："孟浩然诗祖建安，宗渊明，冲淡中有壮逸之气。"其实说孟浩然学陶渊明更为贴切。在论及陶诗对后世影响时，我们曾引用孟浩然《仲夏归南园寄京邑旧游》一诗：

◆陶征君：即陶渊明，陶渊明归隐后朝廷曾征召他为著作佐郎，不就，故被称为"陶征士"或"陶征君"。

◆羲皇：伏羲氏。陶渊明曾为文"自谓是羲皇上人"。

尝读高士传，最嘉陶征君。
日耽田园趣，自谓羲皇人。
余复何为者，栖栖徒问津。

第六课　王维与孟浩然

中年废丘壑，上国旅风尘。
忠欲事明主，孝思侍老亲。
归来冒炎暑，耕稼不及春。
扇枕北窗下，采芝南涧滨。
因声谢同列，吾慕颍阳真。

◆丘壑：指隐逸。
◆上国：京师。

◆因声：托人带话。谢：告诉。同列：在朝为官的列为旧友。颍阳：指上古隐士许由。相传尧帝要禅让帝位给许由，他不愿接受，隐居于颍水之阳的箕山。真：纯真。"因声谢同列，吾慕颍阳真"意为：以此诗告谢在朝为官的友人，我敬慕许由那样纯真的隐士生活。要学陶渊明和许由，隐居田园，不再出仕。

"气蒸云梦泽，波撼岳阳城"是历来咏洞庭的名句，当然"欲济无舟楫"流露出求张九龄举荐的含蓄意味，不如"怀辛大"一首清淡、单纯。"荷风送香气，竹露滴清响"最能看出孟诗的"清绝"了。

学陶似陶的要数孟浩然的《过故人庄》了：

故人具鸡黍，邀我至田家。
绿树村边合，青山郭外斜。
开轩面场圃，把酒话桑麻。
待到重阳日，还来就菊花。

◆鸡黍：招待宾客的饭菜。

◆把酒：端起酒杯。

诗淡而有味，颇有点陶诗的"田园趣"了。

孟诗中还有一首脍炙人口的《春晓》：

春眠不觉晓，处处闻啼鸟。
夜来风雨声，花落知多少。

短短二十字，用视觉感受结合想象写出"春晓"，道出春意，自然天成。

孟浩然以山水田园诗著称，并形成了清绝淡远的艺术风格。田园、山水诗是陶潜和"大小谢"开辟的路，虽可与萧、王、谢"争胜"，但就田园诗境而言，就不及陶诗深远了。孟浩然与王维共同开创盛唐山水田园诗派，并以"王孟"并称，但就诗而言，孟不及王。

◆初日：刚升起的太阳。

◆"竹径通幽处"：另有"曲径通幽处"一说。

◆璠，fán。殷璠：唐诗选家。其选编的《河岳英灵集》收录常建、李白、孟浩然等盛唐时期24位诗人的234首诗。

盛唐山水田园诗人，还有储光羲、常建、祖咏和裴迪。其中储光羲、常建更为著名。《题破山寺后禅院》就是常建的名作：

清晨入古寺，初日照高林。
竹径通幽处，禅房花木深。
山光悦鸟性，潭影空人心。
万籁此都寂，但余钟磬音。

山中古寺幽寂境界跃然纸上。故唐人殷璠《河岳英灵集》列常建于卷首，赞"山光悦鸟性，潭影空人心"等十数句"并可称警策"。

（选自《中国文学史稿》魏晋南北朝隋唐卷，浦江清著，浦汉明、彭书麟整理）

延展阅读

少年行四首·其一
[唐]王维

【原文】

新丰美酒斗十千，咸阳游侠多少年。
相逢意气为君饮，系马高楼垂柳边。

【译文】

新丰的美酒十分名贵,一斗就价值万贯,都城长安的游侠多是青年男子。

一见面意气相投,痛快畅饮,马就拴在酒楼下的垂柳旁边。

积雨辋川庄作
[唐]王维

【原文】

积雨空林烟火迟,蒸藜(lí)炊黍饷东菑(zī)。
漠漠水田飞白鹭,阴阴夏木啭(zhuàn)黄鹂。
山中习静观朝槿,松下清斋折露葵。
野老与人争席罢,海鸥何事更相疑!

【译文】

下了很久的雨后,空旷的树林里炊烟缓缓升起。蒸好灰菜做熟黍饭,给在东边田地里干活的人送饭。

广阔无际的水田上飞起几只白鹭,茂盛的树林里传来黄鹂宛转的鸣叫声。

我在山里习养心性,观赏木槿花朝开暮谢。在松林下吃清斋素食,采摘露葵。

我退隐山林,与世无争,恐怕连海鸥也不会猜疑我了。

劝君更尽一杯酒

第七课
李 白

主讲人 **浦江清**

李白（701—762），字太白。他的籍贯有几种说法：

（1）山东人。《旧唐书》："李白，字太白，山东人。……父为任城尉，因家焉……少与鲁中诸生孔巢父、韩沔、裴政、张叔明、陶沔等隐于徂徕山，酣歌纵酒，时号竹溪六逸。"（韩沔，《新唐书》作韩准，是。）杜甫《苏端薛复筵简薛华醉歌》："近来海内为长句，汝与山东李白好。"元微之论李杜优劣径称白为山东人："则诗人以来未如子美者，是时山东人李白亦以文奇取称。"

（2）陇西成纪人。李阳冰《李白〈草堂集〉序》云："陇西成纪人，凉武昭王暠九世孙。……世为显著，中叶非罪，谪居条支，易姓为名。……神龙之始，逃归于蜀。"（凉武昭王李暠，成纪人，晋隆安中据敦煌酒泉，自为凉王。）《新唐书》："兴圣皇帝九世孙，其先隋末，以罪徙西域，神龙初遁还客巴西。……白生十岁通诗书，既长隐岷山。"（唐高祖《本纪》，陇西成纪人，凉武昭王七世孙。）魏颢《李翰林集序》："白本陇西……家于绵，身既生蜀。"白《与韩荆州书》自称陇西布衣。

◆沔，miǎn。

◆徂，cú。徕，lái。徂徕：指徂徕山，泰山支脉，位于今山东泰安市东南。

◆长句：即七言古诗，不限字数，唐时称"长句"。

◆暠，hào。凉武昭王暠：指西凉开国国君李暠（351—417），字玄盛，小字长生，陇西狄道（今甘肃临洮）人。天玺二年（400）建立西凉政权。谥号"武昭王"。唐朝皇室认定其为先祖，唐玄宗追尊其为"兴圣皇帝"。此处是说李白与唐朝皇室同宗。

◆神龙：唐朝武则天年号（705），唐中宗沿用不改（705—707）。

◆碎叶：唐军镇名。治碎叶城。自贞观二十二年底（649年初）至开元七年（719）间，曾以碎叶和龟兹、于阗、疏勒为安西四镇。位于今吉尔吉斯斯坦托克马克附近。

◆青莲乡：古地名，今四川江油市青莲镇。

◆《李白氏族之疑问》：即《李太白氏族之疑问》。

◆任城：唐时县名，今山东济宁市。

◆谢安石：即谢安（320—385），字安石，东晋陈郡阳夏（今河南周口市太康县）人。东晋名士，别称谢东山。

◆谢康乐：即谢灵运，东晋名将谢玄的孙子，袭封康乐公，世称"谢康乐"。与谢安同族，是谢安的侄曾孙。

（3）蜀人。魏颢《李翰林集序》："川蜀之人，无闻则已，闻则杰出。"白"家于绵，身既生蜀，则江山英秀"云云。《全蜀艺文志》载刘全白《故翰林学士李君碣记》谓："君名白，广汉人。"（广汉郡，属蜀）唐范传正《李公新墓碑》："其先陇西成纪人。……难求谱牒。……得公子之亡子伯禽手疏十数行……约而计之，凉武昭王九代孙也。隋末多难，一房被窜于碎叶，流离散落，隐易姓名，故自国朝以来，漏求于籍。神龙（中宗）初潜还广汉，因侨为郡人。父客以逋其邑。遂以客为名。……公之生也，先府君指天枝以复姓。先夫人梦长庚而告祥。"一说生于昌明县青莲乡，故曰李青莲。

（4）西域人。陈寅恪《李白氏族之疑问》以白之先为碎叶人，胡人侨居于蜀。其父名客。李白生而托姓李氏，假托为帝之宗室。唐时此类之例颇多。（至于山东一说，或云其父为任城尉之说无稽。或云白自比谢安石，李阳冰《草堂集序》云："咏歌之际，屡称东山。"魏颢《李翰林集序》又云："间携昭阳金陵之妓，迹类谢康乐，世号李东山。"按：此言挟妓游山，比谢安，非康乐也，误。）山东李白，或为东山李白之误。（此说甚勉强，因白曾隐山东，为徂徕六逸之一。）

王世贞《宛委余编》谓："白本陇西人，产于蜀，流寓山东。"

恐籍贯陇西，从陇西迁至蜀，由蜀迁至山东，其父曾为任城尉，白生长于山东。陇西近外国，恐其祖罪徙至西域，其后回来。

第七课 李 白

天宝初，李白客游会稽，与道士吴筠同隐剡中。后筠被召至长安，李白亦偕至长安。白貌奇逸，有神仙风度。贺知章见其文，叹曰："子谪仙人也。"荐于玄宗。白与贺知章、李适之、汝阳王琎、崔宗之、苏晋、张旭、焦遂为饮中八仙。（此事在天宝间，因白天宝初始供奉耳，但苏晋卒于开元二十二年。范传正《李白新墓碑》有裴周南而杜诗无裴，其名录有出入也。）

帝召见于金銮殿，论当时事，白奏颂一篇，赐食，御手调羹。有诏供奉翰林。一日，帝坐沉香亭子，意有所感，欲得白为乐章，召入而白已醉，左右以水颒面，援笔成《清平调》三章，婉丽精切。杜诗所谓"李白一斗诗百篇，长安市上酒家眠。天子呼来不上船，自称臣是酒中仙"是也。尝侍帝，醉，使高力士脱靴，力士激杨贵妃中伤之。帝欲官白，妃辄阻止。（新旧《唐书》互有详略。《新唐书》已采宋人乐史《李翰林别集序》大意，《旧唐书》无沉香亭子一节，但亦有使高力士脱靴事，未言高力士以此激杨贵妃，但因力士之怨被斥而已。）因忤高力士、杨贵妃，遂不为帝亲信。恳还山，帝赐金放还。

由是浪迹江湖，浮游四方，终日沉饮。与侍御史崔宗之月夜乘舟自采石至金陵。白衣宫锦袍，于舟中顾瞻笑傲，旁若无人。天宝末，安禄山反，转侧宿松、匡庐间，《庐山谣寄卢侍御虚舟》一诗写这种经历、见闻和感受，诗的前四句是："我本楚狂人，凤歌笑孔丘。手持绿玉杖，朝别黄鹤楼。"安史之乱，玄宗幸蜀。白依永王璘，辟为府僚佐。

◆ 剡，shàn。剡中：即剡县，唐时县名，今浙江嵊（shèng）州市。

◆ 琎，jìn。

◆ 颒，huì。颒面：洗脸。

◆ 精切：精当贴切。

◆ 采石：即采石矶，原名牛渚矶，南朝宋始见"采石矶"之名。在今安徽马鞍山市西南长江东岸，为牛渚山凸出长江而成，江面较狭，形势险要，自古为江防重地。

◆ 绿玉杖：传说中仙人用的手杖。

◆李阳冰（生卒年不详）：字少温，赵郡（治今河北赵县）人。唐文字学家、书法家。李白族叔。

◆当涂：唐时县名。

◆姑孰：古县名，即今安徽马鞍山市当涂县。谢家青山：即青林山，在今安徽当涂东南。南朝齐诗人谢朓曾筑室山南，唐天宝（742—756）中因此改名谢公山。诗人李白原葬于县内的龙山，后宣歙（shè）观察使范传正据李白生前"悦谢家青山"遗意，于元和十二年（817）迁葬于此山。

◆宣歙：唐代方镇名，元和年间领宣、歙、池三州。

◆椮，sēn。

肃宗即位灵武，璘起兵逃还彭泽。璘败当诛，赖郭子仪力救（白曾救郭子仪，郭德之，力言赎罪。此处《新唐书》亦采宋人乐史《李翰林别集序》所说，《旧唐书》无），得诏流夜郎。会赦还浔阳，坐事下狱。宋若思释之，辟为参谋。未几辞职。李阳冰为当涂令，白依之。代宗立。以左拾遗召，而白已卒，年六十余。临卒以诗卷授阳冰，阳冰为序而行世。葬姑孰谢家青山东麓。元和末，宣歙观察使范传正祭其墓，见其二孙女，嫁为农夫之妻。因为立碑。

魏颢曰："白始娶于许，生一女一男，曰明月奴，女既嫁，而卒。又合于刘，刘诀。次合于鲁一妇人，生子曰颇黎，终娶于宋（宋氏或即宗氏，盖其《窜夜郎于乌江留别宗十六璟》中有句云'我非东床人，令姊忝齐眉'。——章克椮）。间携昭阳金陵之妓，迹类谢康乐，世号为李东山。"

又李华《李白墓志》：卒"年六十有二"。"有子曰伯禽。"范传正《李公新墓碑》亦云："亡子伯禽。"伯禽当是明月奴或颇黎中之一人。

《旧唐书》云："以饮酒过度，醉死于宣城，有文集二十卷，行于时。"（小说故事传李白醉中捞月死于水。恐非事实。）

裴敬"墓碑"云："死宣城，葬当涂青山下。"

李阳冰云："疾亟草稿万卷，手集未修，枕上授简，俾余为序。"

魏颢序则言生前曾"尽出其文，命颢为集"。

乐史《李翰林别集序》则云：李阳冰纂李翰林歌诗"为《草堂集》十卷，史又别收歌诗十卷。……号曰《李翰林集》,今于三馆中得李白赋、序、表、赞、书、颂等,亦排为十卷,号曰《李翰林别集》。"

李白一生,少年任侠,中年做官,晚年流离。

一、李白的个性及思想

1. 酣歌纵酒

《将进酒》[1]:"君不见黄河之水天上来,奔流到海不复回。君不见高堂明镜悲白发,朝如青丝暮成雪。人生得意须尽欢,莫使金樽空对月。"《行路难》:"且乐生前一杯酒,何须身后千载名?"似陶潜、阮籍,才气奔放。诗与酒的结合,显出诗人的享乐人生观。另一方面,也因为乐府歌曲原为燕乐,亦是与传统的结合。

《月下独酌》:"花间一壶酒,独酌无相亲。举杯邀明月,对影成三人。"月,李白诗中屡屡提到:"小时不识月,呼作白玉盘。"(《古朗月行》)"床前明月光,疑是地上霜。举头望明月,低头思故乡。"(《静夜思》)《把酒问月》一首:"青天有月来几时,我今停杯一问之。人攀明月不可得,月行却与人相随。……今人不见古时月,今月曾经照古人。古人今人若流水,共看明月皆如此。惟愿当歌对酒时,月光长照金樽里。"在李白的诗里,花、月、酒与诗融合,写人生短忽,对酒

◆ 樽:本作"尊"。盛酒器,酒杯。金樽:酒樽的美称。

---

[1] 见课后延展阅读:《将进酒》。

当歌。《古诗十九首》、曹魏乐府歌曲中已多此种情调，太白更为诗酒浪漫，他这些诗最通俗，可比波斯诗人奥马尔·海亚姆（Omar Khayyam）。张若虚《春江花月夜》，联结月与春、江花、闺怨，李白联结月与酒，个人享乐，求超脱，摆脱世俗的忧虑。

《把酒问月》开始有屈原《天问》意，并不求答，答案是造化自然是永恒的，人生是飘忽的。"月行却与人相随"，自然接近人，人因陷于世俗功名利禄之念不肯亲近自然耳。李白别有《日出入行》"日出东方隈，似从地底来。历天又复入西海，六龙所舍安在哉？"有对宇宙的求知精神。《把酒问月》后面说月的永恒，再后说人生无常。他不消极，从接近自然里得到永恒，与《日出入行》"吾将囊括大块，浩然与溟涬同科"同样意思，人与自然融为一体。此诗表现他的宇宙观和人生观。

2. 任侠

范传正《李白新墓碑》："少以侠自任。"《与韩荆州书》："虽长不满七尺而心雄万夫。"《与裴长史书》述及少年任侠事。魏颢《李翰林集序》云，"少任侠，手刃数人。与友自荆徂扬，路亡。权窆回棹，方暑，亡友糜溃，白收其骨，江路而舟"云云。挥金如土，纵酒好游览，济朋友。《行路难》："昭王白骨萦蔓草，谁人更扫黄金台？行路难，归去来！"自比郭隗、乐毅之流。又有《侠客行》："纵死侠骨香，不惭世上英，谁能

◆ 奥马尔·海亚姆（1048—1131）：波斯诗人、天文学家、数学家。

◆ 隈，wēi，山、水边弯曲的地方。

◆ 六龙：传说中指驾日车的"六龙"。

◆ 大块：大地；一说指大自然。

◆ 溟，míng。涬，xìng。溟涬：即涬溟，混混茫茫的自然之气。

◆ 徂：往；到。

◆ 窆，biǎn，下葬，将棺材下于墓穴。权窆：临时下葬。

◆ 黄金台：古地名。亦称"金台""燕台"。故址在今河北保定市易县东南之北易水南。相传战国燕昭王筑，置千金于台上，延请天下士，故名。

书阁下，白首太玄经。"英雄主义。又有《猛虎行》（天宝乱后至宣城作）："有策不敢犯龙鳞，窜身南国避胡尘。宝书玉剑挂高阁，金鞍骏马散故人。"其云："贤哲栖栖古如此，今时亦弃青云士。"自比张良、韩信。《古风》其十，推重鲁仲连，云"吾亦澹荡人，拂衣可同调"。《古风》其十五，推重"燕昭延郭隗，遂筑黄金台"，乃云"奈何青云士，弃我如尘埃"。由此可见，彼亦有用世心，近于纵横家，又似蔺相如、司马相如之人物。与王维好静，尊心禅佛之艺术修养，杜甫自比扬雄之作赋，志于匡君遗失之大臣，气度不同。李白是悲歌慷慨，自负才气的人物。《新唐书》评之曰："喜纵横术击剑，为任侠，轻财重施。"

总而言之，是英雄浪漫主义。

3. 好道求仙

前述，他的宇宙观"日出东方隈，似从地底来。历天又复入西海，六龙所舍安在哉？其始与终古不息（一作"其行终古不休息"），人非元气，安得与之久徘徊？"（《日出入行》）知人生是短忽，宇宙之终古不息，因之好道求仙。《古风》其四："桃李何处开，此花非我春。惟应清都境，长于韩众亲。"其五："仰望不可及，苍然五情热。吾将营丹砂，永与世人别。"其二八："君子变猿鹤，小人为沙虫。不及广成子，乘云驾轻鸿。"又如《庐山谣寄卢侍御虚舟》："我本楚狂人，凤歌笑孔丘。……早服还丹无世情，琴心三叠道初成。遥见仙人彩云里，手把芙蓉朝玉京。"他既与道士吴

◆太玄经：西汉扬雄（前53—后18）的著作。

◆澹荡：悠闲自在。

◆短忽：短促。指时间。

◆清都：神话传说中天帝居住的宫阙。

◆韩众：古代传说中的仙人。泛指神仙。

筠为友，又同至长安。当时人以为谪仙，又与贺知章等被称为饮中八仙，朝列为之赋谪仙之歌。

李阳冰云："天子知其不可留，乃赐金归之。……请北海高天师，授道箓于齐州紫极宫，将东归蓬莱，仍羽人驾丹丘耳。"是确曾受道箓者。《将进酒》云"岑夫子，丹丘生"，丹丘生当为道友也。又有《梦游天姥吟留别》，诗亦多神仙家言。

4. 政治上无所作为

李阳冰云："（玄宗）降辇步迎，如见<u>绮皓</u>。"盖以隐逸之士待之。他在政治上无所作为。李阳冰云："出入翰林中，问以国政，潜草诏诰，人无知者。丑正同列，害能成谤，格言不入，帝用疏之。"乐史则谓为高力士、杨贵妃所阻（新旧《唐书》略同）。魏颢云："吾观白之文义，有济代命。"刘全白《李君碣记》："玄宗辟翰林待诏。因为和蕃书，并上《宣唐<u>鸿猷</u>》一篇。上重之。欲以<u>纶诰</u>之任委之，同列者所谤，诏令归山，遂浪迹天下。"不幸禄山之乱，玄宗西巡，永王璘辟为僚佐，以此获罪。《旧唐书》曰："永王璘为江淮兵马都督扬州<u>节度大使</u>，白在宣州谒见，遂辟从事。"不知白去谒，抑为永王璘所征聘。白有《经乱离后天恩流夜郎忆旧游书怀赠江夏韦太守良宰》一首长诗，为自叙之作，甚详。首云：原为谪仙，误逐世间，"学剑翻自哂，为文竟何成？剑非万人敌，文窃四海声"。到过幽州，"君王弃北海"，到长安，辞官，<u>祖饯</u>。安贼之乱，"两京遂

◆绮，qǐ。绮皓：即绮里季，汉初隐士，"商山四皓"之一。诗文中常以"绮皓"代称"四皓"，泛指"隐士"。

◆猷，yóu，谋划。鸿猷：大业；深远的谋划。

◆纶诰：亦作"纶告"，皇帝的诏令文告。

◆节度大使：官名。唐玄宗开元十五年（727）开始以亲王领节度使，仍留在京师的称节度大使，以副大使知节度事。

◆祖饯：古代出行时祭祀路神叫"祖"。后因称设宴送行为"祖饯"，即饯行。

丘墟"。永王璘"帝子许专征，秉旄控强楚。……仆卧香炉顶，餐霞漱瑶泉。门开九江转，枕下五湖连。半夜水军来，寻阳满旌旃。空名适自误，迫胁上楼船。徒赐五百金，弃之若浮烟。辞官不受赏，翻谪夜郎天"云云，则知其非自去谒王，乃王所征辟耳。此诗末之"君登凤池去，忽弃贾生才"，有托韦太守援引意，亦可怜也。

李白思想的主要矛盾是自然与人生的矛盾。自然永恒，人生短暂。"人非元气，安能与之久徘徊。""古人不见今时月，今月曾经照古人。今人古人若流水，共看明月皆如此。"从自然中得到永恒，从诗歌中得到永恒，把酒来消遣人生。追求神仙、学道，以求永恒。

第二个矛盾是清高与名位思想的矛盾。李白有用世心，而放浪不羁，不称意则思隐居。"人生在世不得意，明朝散发弄扁舟。""张良未逐赤松去，桥边黄石知我心。"表其心思耳。

二、李白的诗

南北朝实施门阀制度，贵族政治。隋唐进士制度，吸收高级知识分子到统治集团，做压迫人民的帮凶和帮闲。这些知识分子出身于封建地主或官僚家庭，从下面爬上来，迎合国君权相、公卿贵人，或者不得意而反抗，或者有清高思想，借作品发牢骚，常处在热衷世事与清高为人的矛盾之中。

李白并非进士，做翰林供奉。不次的恩遇，非

◆餐霞：道家的一种修炼术。服食云霞。

◆"寻阳满旌旃"：另有"浔阳满旌旃"一说。

◆楼船：指有楼饰的游船。

◆凤池：即凤凰池。禁苑中的池沼。魏晋时中书省设于禁苑，掌管一切机要，因接近皇帝，故称"凤凰池"。后凡中书省中机要位置，均称为"凤凰池"。

◆"人生在世不得意"：另有"人生在世不称意"一说。

◆帮闲：陪官僚、富豪等玩乐，为他们帮腔效劳。亦指帮闲的人。

◆不次：不按寻常的次序。多指越级提拔。

正途出身。他诗才杰出，不受羁勒，如应进士科倒未必得意。他绝少宫艳体诗，他的诗从建安文学出来，以建安为风范，与谢朓、鲍照近。

他的诗有热烈的感情，他是一位天才诗人。

李白继陈子昂为复古派中人物。其《古风》五十九首第一首云：

> 大雅久不作，吾衰竟谁陈？
> 王风委蔓草，战国多荆榛。
> 龙虎相啖食，兵戈逮狂秦。
> 正声何微茫，哀怨起骚人。
> 扬马激颓波，开流荡无垠。
> 废兴虽万变，宪章亦已沦。
> 自从建安来，绮丽不足珍。
> 圣代复元古，垂衣贵清真。
> 群才属休明，乘运共跃鳞。
> 文质相炳焕，众星罗秋旻。
> 我志在删述，垂辉映千春。
> 希圣如有立，绝笔于获麟。

这首诗写得很严正，他对于诗推崇《诗经》正声，又说志在删述，自比孔子。与"我本楚狂人，凤歌笑孔丘"似乎矛盾，此两重人格也。实则他对于诗的理论，属于正统派，他自己的个性，则是浪漫的，仙侠一路。他还推崇建安以前的诗，看不起南朝的绮丽文学。其《古风》同阮籍《咏怀》、陈子昂《感遇》的篇章。他的诗的工力可以比上阮嗣宗。

虽然他推崇《诗经》，可是他没有作四言诗，

◆荆榛：亦作"荆蓁（zhēn）"。泛指丛生灌木，多用以形容荒芜情景。

◆宪章：典章制度。

◆圣代：封建社会称"当代"为"圣代"。
◆清真：纯洁质朴。
◆旻，mín，天空。秋旻：秋季的天空。
◆希圣：希望达到圣人的境界。

◆工力：功夫；精力。此处指诗歌方面的造诣。

第七课 李 白

所作的以五古、七古为最多，可见古之难复了。其论诗又云："梁陈以来，艳薄斯极，沈休文又尚以声律，将复古道，非我而谁。"又言："兴寄深微，五言不如四言，七言又其靡也。况使束于声调俳优哉。"他不赞成沈休文一派之声律对偶，宫体靡弱之诗，所以他也绝不提到初唐四杰，不像杜甫那样虚心，诗备众体。李白很少作律诗。

◆沈休文：即沈约（441—513），字休文，吴兴武康（今浙江湖州市德清县）人。南朝文学家。

李白诗，擅长古风，多数是乐府古题，古乐府之新做法。从汉魏以迄于南北朝乐府诗题，他几乎都有写作，如《天马歌》《公无渡河》《日出入行》《战城南》《白头吟》《相逢行》《有所思》《短歌行》《长歌行》《采莲曲》《乌夜啼》《乌栖曲》《子夜歌》《襄阳歌》《白纻辞》《将进酒》《行路难》等拟古乐府，而自出心裁。有些乐府诗，虽然不见前人之作，但也非李白创调。在那些乐府古题内，李白诗情奔放，超过古人原作，皆出于古人之上。他的乐府多用杂言及长短句，才气纵横，非格律所能束缚。如《将进酒》《蜀道难》。六朝乐府他亦学，如《白纻辞》《子夜四时歌》《长干行》《乌栖曲》，都很清丽。他是结束汉魏六朝的诗歌，集汉魏六朝诗体大成。他的乐府如天马行空，不受羁縻。

◆羁縻：束缚；拘系。

他并不像杜甫那样自己立乐府题目，写当时时事。李白的只是抒情诗，并不记事，是超时代的作家。

略有与时事有关的如《怨歌行》，题下注云："长安见内人出嫁，友人令余代为之。"与《邯郸

◆内人：此处指宫女。

◆鼙，pí，亦作"鞞"。古代军中所击的小鼓。亦指乐队中的小鼓。鼙舞歌：汉章帝制作的舞乐名。

◆李北海邕：即李邕（678—747），字泰和，扬州江都（今江苏扬州市）人，唐朝大臣、书法家，曾任北海郡（今山东青州市）太守，人称"李北海"。

◆赟，yūn。

◆摅，shū。

◆棨，qǐ。

◆摭，zhí，拾取，摘取。

◆《唐书·李白传》：指《新唐书·李白传》。

◆庾，yǔ。庾开府：即庾信（513—581），字子山，南阳新野（今属河南）人。北周文学家。曾任开府仪同三司，世称"庾开府"。

才人嫁为厮养卒妇》同意，又如《东海有勇妇》，注云：代《关中有贤女》。代即拟的意思，《关中有贤女》原乃汉鼙舞歌，此虽是拟古乐府，所咏为时事，诗中云"北海李使君，飞章奏天庭"。指李北海邕。又如《凤笙篇》，王琦谓送一道流应诏入京之作。《远别离》，萧士赟以为刺国家授柄于李林甫。《蜀道难》一诗，范摅《云溪友议》、洪驹父《诗话》、《新唐书·严武传》谓严武欲杀房琯、杜甫，李白为房、杜危而作此诗，唯孟棨《本事诗》《唐摭言》《唐书·李白传》谓白见贺知章，以《蜀道难》示之，则为天宝初时作，而严武镇蜀在至德后，不相及也。沈存中《笔谈》谓古本李集《蜀道难》下有注云："讽章仇兼琼也。"萧士赟注李集谓见玄宗幸蜀时作，在天宝末，故言剑阁之难行，又曰"问君西游何时还"，君指明皇也。胡震亨谓但是拟古乐府，白，蜀人，自为蜀咏耳。此说如允，余皆好事者穿凿。

李白《猛虎行》虽亦是乐府诗，但咏时事，"秦人半作燕地囚，胡马翻衔洛阳草"。言禄山之叛，天宝十四载十二月东京之破，封常清战败，高仙芝引兵退守潼关，贼掠子女玉帛悉送范阳也。李白"窜身南国避胡尘"，客于宣城，与张旭会于溧阳酒楼，作此诗，以张良、韩信比己及旭，慨叹不遇。"一输一失关下兵"，一输指高仙芝退兵，一失指明皇斩仙芝、常清。

白才气纵横，乐府诗中常用杂言、长短句，近汉乐府，亦近鲍照，是以杜甫称其"清新庾开府，俊逸鲍参军"。与庾信实不近，其一身低首者为谢宣城。《宣城谢朓楼饯别校书叔云》[1]云："蓬莱文章建安骨，中间小谢又清发。"在《金陵城西楼月下吟》诗中又云："解道澄江净如练，令人长忆谢玄晖。"是其晚年爱宣城之风景，故尔特提谢朓。以彼才力，小谢非其匹也。

总之，唐人作乐府，并非完全拟古，兼存《诗经》讽刺时事之义。此则李白较少，而杜甫、白居易则最为注重此义焉。

白五七绝句亦佳，唯不善五七律。

前引杜甫《饮中八仙歌》云："李白一斗诗百篇，长安市上酒家眠。天子呼来不上船，自称臣是酒中仙。"贺知章曾许李白为谪仙人，又杜甫《苏端薛复筵简薛华醉歌》云："坐中薛华善醉歌，歌辞自作风格老。近来海内为长句，汝与山东李白好。"亦称李白善为醉歌也。杜甫自己也有《醉时歌》《醉歌行》等题，诗中并不单说喝酒，乃是酬赠、送别之作。如李白《将进酒》《前有樽酒行》《把酒问月》等篇，皆所谓醉歌也。醉歌者，即席作诗，以助酒兴。如曹操《短歌行》"对酒当歌"之意。李白一生诗酒风流，颇似阮籍，其信仰道家神仙亦然。豪放奔逸，与渊明之洁身自好、躬耕贫苦者又不同。李白有仙侠气，渊明调融儒道，温然纯粹。渊明愿隐，李白愿用世而不得意。虽随吴筠得玄宗知遇为翰林供奉，迄未得官。及天宝乱后，

◆鲍参军：即鲍照（约414—466），字明远，东海（郡治今山东临沂市郯城北）人。南朝宋文学家。曾任临海王刘子顼（xū）前军参军，故称"鲍参军"。

◆低首：低头，表示折服、佩服。

◆谢朓楼：古代文化名楼，又名古北楼、谢公楼、叠嶂楼等，谢朓任宣城太守时所建。位于今安徽宣城市宣州区陵阳山。

---

[1] 见课后延展阅读：《宣城谢朓楼饯别校书叔云》。

为永王璘辟为僚佐，璘谋乱兵败，白坐流夜郎，赦还，客死当涂。

《将进酒》是彰显李白诗酒风流的代表作，极富思想与个性。诗中岑夫子或谓岑参，丹丘生或谓元丹丘。"黄河之水"句，兴也，"不复回"，兴人生年华一去不复返。以"逝水流年"起，下言饮酒尽欢为乐。陈王，陈思王曹植，他的《名都篇》有"归来宴平乐，美酒斗十千"句。"钟鼓馔玉"言富贵。

《前有樽酒行》，此诗比《将进酒》更为**蕴藉**。

◆ 蕴藉：含蓄而不显露。

《日出入行》用汉乐府旧题，翻新，长短句古奥，然毕竟是唐人。全诗充分表现诗人对宇宙和人生的探求精神。

《月下独酌》和《把酒问月》都写诗与月与酒的融合。《把酒问月》比《月下独酌》来得好，《月下独酌》说理多，情感少。此诗说理更深且广。写月即自然是永恒的，人生是飘忽的。诗歌自然，酒遣人生。东坡《水调歌头》自此出。李白《把酒问月》诗分四叠，换韵，歌曲体，酒与月的交融，时与空的交错，淋漓尽致。东坡《水调歌头》开头"明月几时有，把酒问青天"，显然从李白《把酒问月》"青天有月来几时，我今停杯一问之"来。同样是把酒问月，与李白问宇宙、说人生不同，苏东坡后半阕归结到讲别离。

《宣城谢朓楼饯别校书叔云》诗发端忆念过去，烦忧现在，不从私交说，就人生感慨说，得其大。送秋雁，象征送客远游。其次，说到谢朓楼。"抽刀断水"，宾，比喻；"举杯消愁"，主。以流水喻思念、喻忧愁，可以与建安诗人徐干的《室思》"思君如流水，何有穷已时"的诗句做一比较，亦可以李后主《虞美人》词"问君能有几多愁，恰似一江春水向东流"的诗句中加以印证。

《扶风豪士歌》见其豪爽。乱时有用世意，以后入永王璘幕府，见其有意用世。此诗显示清高思想与名位思想的矛盾。末两句"张良未遂赤松去，桥边黄石知我心"点出。

白于天宝之乱，少有描述，其《上皇西巡南京歌》十首，有云"九天开出一成都，万户千门入画图。草树云山如锦绣，秦川得及此间无"。又云"谁道君王行路难，六龙西幸万人欢。地转锦江成渭水，天回玉垒作长安"。又云"少帝长安开紫极，双悬日月照乾坤"。白，蜀人，且他自己在南方，作此等歌颂语，与杜甫之在长安，作《哀江头》之痛哭流涕，感慨绝不相同。杜甫关怀时局，忧念蒸黎，李白不很关心。又如《永王东巡歌》十一首，说到"龙蟠虎踞帝王州，帝子金陵访古丘"，又云"试借君王玉马鞭，指挥戎虏坐琼筵。南风一扫胡尘静，西入长安到日边"。据其后来自己坦白是当时"迫胁上楼船"的，但在此歌中所说，确是赞助王子立功之意，未始不肯为永王用也。文人转侧，难于主张。

白之绝句：《苏台览古》："旧苑荒台杨柳新，菱歌清唱不胜春。只今惟有西江月，曾照吴王

◆玉垒：指玉垒山，在四川灌县（今都江堰市），代指成都。

◆蒸黎：百姓，黎民。

◆苏台：即姑苏台，亦名"胥台"。春秋时吴王阖闾所筑。夫差于台上立春宵宫，为长夜之饮。越国攻吴，吴太子友战败，遂焚其台。遗址在今江苏苏州市姑苏山上。

◆ 左迁：降官，贬职。

◆ 艳称：称赞美慕。

宫里人。"《黄鹤楼送孟浩然之广陵》："故人西辞黄鹤楼，烟花三月下扬州。孤帆远影碧空尽，惟见长江天际流。"《闻王昌龄左迁龙标遥有此寄》："杨花落尽子规啼，闻道龙标过五溪。我寄愁心与明月，随君直到夜郎西。"《峨眉山月歌》："峨眉山月半轮秋，影入平羌江水流。夜发清溪向三峡，思君不见下渝州。"以上四首，皆见其风韵。

相传《菩萨蛮》《忆秦娥》等小词，皆托名李白，宋人混入白集者，即《清平调》三章，乐史所艳称者，亦恶俗不类，品格低下。乐史，北宋人，新得此三首诗，并有明皇贵妃赏芍药故事（见乐史《李翰林别集序》），实为可疑，非史实。白集另有《宫中行乐词》八首，注云奉召作。亦真伪不辨。比较观之，尚较《清平调》三章为胜。

（选自《中国文学史稿》魏晋南北朝隋唐卷，浦江清著，浦汉明、彭书麟整理）

延展阅读

宣州谢朓楼饯别校书叔云

[唐]李白

【原文】

弃我去者,昨日之日不可留。
乱我心者,今日之日多烦忧。
长风万里送秋雁,对此可以酣高楼。
蓬莱文章建安骨,中间小谢又清发。
俱怀逸兴壮思飞,欲上青天览明月。
抽刀断水水更流,举杯消愁愁更愁。
人生在世不称意,明朝散发弄扁舟。

【译文】

弃我远去的昨天,已不能挽留。

扰乱我心的今天,很多烦恼忧愁。

大风吹了几万里送别秋雁南归,面对如此景致,非常适合登楼畅饮。

您的文章颇具建安风骨,而我的诗也像谢朓的风格那样清新俊逸。

我们都怀着飘逸豪放的兴致,雄心壮志飞动,想要登上高高的天上摘月亮。

拔出刀想要阻断流水水却流得更快,举起酒杯想要消除忧愁却更加惆怅。

人活在世上不能称心如意,明天就披散头发,驾着一叶小舟飘然远去。

将进酒

[唐] 李白

【原文】

君不见黄河之水天上来,奔流到海不复回。君不见高堂明镜悲白发,朝如青丝暮成雪。人生得意须尽欢,莫使金樽空对月。天生我材必有用,千金散尽还复来。烹羊宰牛且为乐,会须一饮三百杯。

岑夫子,丹丘生,将进酒,杯莫停。与君歌一曲,请君为我倾耳听。钟鼓馔玉不足贵,但愿长醉不愿醒。古来圣贤皆寂寞,惟有饮者留其名。陈王昔时宴平乐,斗酒十千恣欢谑。主人何为言少钱,径须沽取对君酌。五花马、千金裘,呼儿将出换美酒,与尔同销万古愁。

【译文】

你没看见黄河水从天奔腾而下,波涛翻滚直奔大海,再不回来。你没看见年迈的双亲对镜悲叹满头白发,年轻时的黑发年老时已如白雪。人得志时要尽情欢乐,不要让精美的杯子空对明月。上天让我出生成材定会有用处,即使散尽黄金千两也能再得到。宰煮牛羊姑且享受欢乐,应当痛快地喝上三百杯。

岑夫子,丹丘生,快快喝酒不要停。我为诸位高歌一曲,请你们为我专注倾听。钟鸣鼎食的生活也没什么珍贵,我只愿长醉不醒。自古以来圣贤都寂寞,只有善饮之人留下美名。陈王曹植曾在平乐观摆酒设宴,一斗美酒价值万钱,宾主尽欢。店主为何说我的钱不多了?尽管端酒来。名贵的五花马、价值千金的皮裘,叫小厮拿去换酒,和你们一起消除万世长愁。

第八课
杜 甫

主讲人 **浦江清**

杜甫（712—770），字子美。本湖北襄阳人，后徙河南巩县（《旧唐书·文苑传》）。

一、世系

杜预之第十三代孙。《唐书·宰相世系表》载：襄阳杜氏，出自预少子（四子）尹。杜预十世孙依艺入唐初为监察御史、河南巩县令。移家巩县，当自甫之曾祖依艺始。祖审言，修文馆学士，尚书膳部郎。审言在武后中宗朝以诗名。父，闲，朝议大夫，兖州司马，终奉天令。（元稹墓志云：晋当阳侯〈预〉下十世而生依艺。钱牧斋云：旧谱以甫为尹之后，不知何据？）

《旧唐书·杜易简传》：易简周硖州刺史叔毗曾孙。易简从祖弟审言。易简、审言同出杜叔毗。《周书·杜叔毗传》：其先京兆杜陵人，徙居襄阳。杜陵，长安城东南，秦为杜县，汉宣帝筑陵葬此，因曰杜陵，并改杜县为杜陵县。其东南又有一陵，差小，谓之少陵（许后葬此）。杜甫曾居少陵之西附近。杜甫自称杜陵布衣，又称少陵野老。

◆巩县：旧县名。在河南省中北部。秦置县。1991年撤销，改巩义市。

◆《唐书·宰相世系表》：指《新唐书·宰相世系表》。

◆钱牧斋：即钱谦益（1582—1664），字受之，号牧斋，晚号蒙叟、东涧遗老。苏州常熟（今属江苏）人。明末清初文学家。

以世系推之，叔毗为杜预八世孙。是以杜甫之先，出京兆杜陵，徙襄阳，再徙河南巩县。

二、杜甫的经历和诗歌创作

甫之家世，出名门。少贫。年二十，客吴越齐赵。举岁贡进士，至长安，不第。客东都。客齐州。李邕奇之，为友。归长安。年四十进三大礼赋，甫自夸为"扬雄枚皋之流，庶可跂及也"。玄宗奇之，命待制集贤院。时天宝十载（公元751年），国事已非。

此前，开元二十二年（公元734年）李林甫相。开元二十四年（公元736年），张九龄罢相，下年出贬。宋璟卒。武惠妃卒。开元二十八年（公元740年），张九龄卒。天宝元年（公元742年），以安禄山为平卢节度使。禄山，杂胡，降将，本张守珪部下，以讨奚契丹兵败送京师。上赦之，张九龄谏不听。天宝元年，用之。三年（改"年"曰"载"）兼范阳节度使。杨贵妃，杨玄琰女，开元二十三年（公元735年），册为寿王妃，出为女道士。天宝四载（公元745年），册杨太真为贵妃。天宝七载（公元748年），以杨钊判度支事，以贵妃三姊为国夫人。天宝十载夏四月，鲜于仲通讨南诏蛮败绩，士卒死者六万，杨国忠掩其败，反以捷闻，制复募兵击之。大募两京及河南北兵以南征。人闻云南瘴疠，士卒未战而死者十之八九，莫肯应募。国忠遣御史分道捕人。父母妻子走送，哭声震野。时杜甫在长安，为作《兵

◆东都：指洛阳。

◆跂及：企及。

◆下年：次年；明年。

◆琰，yǎn。

◆杨钊：即杨国忠（？—756），杨钊是其本名。蒲州永乐（今山西芮城西南）人，杨贵妃的堂兄。

◆国夫人：命妇的一种封号。杨贵妃大姐被封为韩国夫人，三姐被封虢（guó）国夫人，八姐被封为秦国夫人。

车行》。

天宝十载十一月，以杨国忠领剑南节度使。十一载（公元752年），李林甫卒，以杨国忠为右相兼文部尚书。杜甫《丽人行》云"三月三日天气新"是春天，又云"慎莫近前丞相嗔"，为国忠为相后之春天，当在天宝十二载（公元753年）、十三载（公元754年）、十四载（公元755年）三年中。

杜甫在长安所作诗，重要的有《奉赠韦左丞丈二十二韵》。诗自叙曰：

纨绔不饿死，儒冠多误身。
丈人试静听，贱子请具陈。

纨绔指贵戚子弟。杜甫自己为穷儒、知识分子而属于被压迫阶层，他的意思也要往上爬。

甫昔少年日，早充观国宾。（指其中岁贡）
读书破万卷，下笔如有神。
赋料扬雄敌，诗看子建亲。
李邕求识面，王翰愿卜邻。
自谓颇挺出，立登要路津。
致君尧舜上，再使风俗淳。
此意竟萧条，行歌非隐沦。
骑驴十三载，旅食京华春。
朝扣富儿门，暮随肥马尘。
残杯与冷炙，到处潜悲辛。
主上顷见征，欻然欲求伸。
青冥却垂翅，蹭蹬无纵鳞。

天宝六载，诏天下有一艺，旨毂下，李林甫命尚书省试，皆下之。公应诏而退。林甫不欲举贤，谓举

◆韦左丞：指韦济（？—？754），郑州阳武（今河南新乡市原阳县）人。唐诗人。时任尚书省左丞，故称"韦左丞"。

◆丈：即丈人，古时对老年男子的尊称。

◆贱子：谦称自己。

◆挺出：突出；出众。

◆要路津：重要的道路、渡口，比喻显要的职位。

◆隐沦：隐居。

◆欻，xū。欻然：亦作"歘然"，忽然。

◆蹭，cèng。蹬，dèng。蹭蹬：失势难前进的样子。

◆纵鳞：指自由游于水中之鱼，比喻仕途得意。无纵鳞：指明明是鱼却不能纵身远游，只能受困于浅水中。

◆毂，gǔ，车轮中心的圆木，周围与车辐的一端相接，中有圆孔，用以插轴。毂下：辇毂之下，古指京城。

人多卑贱，不识礼度。诗接着说韦左丞颇称扬他的诗，是以赠诗道知己之感。末云：

　　　　今欲东入海，即将西去秦。
　　　　尚怜终南山，回首清渭滨。

有屈子眷怀之意。结云：

　　　　白鸥没浩荡，万里谁能驯？

洒脱，有掉头不顾意。此诗钱牧斋《少陵先生年谱》系于天宝七载（公元748年），其后未见其有离长安之迹。总之，在天宝十载献赋以前。

　　《兵车行》　乐府歌行体。写实。中间夹入近于对话的叙述。首云"车辚辚，马萧萧，行人弓箭各在腰。耶娘妻子走相送，尘埃不见咸阳桥。牵衣顿足拦道哭，哭声直上干云霄"。近于白话，极通俗。责备"武皇开边意未已"，厌恶此种战争，穷兵黩武。末云"君不见青海头，古来白骨无人收。新鬼烦冤旧鬼哭，天阴雨湿声啾啾"。说青海，指开元中历年击吐蕃之役。钱注云："是时国忠方贵盛，未敢斥言之。杂举河陇之事，错互其词，若不为南诏而发者，此作者之深意也。"因献赋方为玄宗所知之故。

◆耶：父亲。娘：母亲。耶娘：父母。后多作"爷娘"。

◆河陇：古地名，指河西道与陇右道。

　　《丽人行》　直笔讽刺，无所顾忌。"就中云幕椒房亲，赐名大国虢与秦。""炙手可热势绝伦，慎莫近前丞相嗔！"斥杨氏姊妹，即刺明皇贵妃。

　　《自京赴奉先县咏怀五百字》　天宝十四载（公元755年）冬，杜甫自京赴奉先县。奉先即同州蒲城县，开元四年，建睿宗桥陵，改为奉先县。去

◆同州蒲城县：在今陕西东部、洛河下游，今属渭南市。

长安一百五十里，甫家所客居之地。甫夜发，严寒。（"客子中夜发。严霜衣带断，指直不得结。"）晨过骊山。明皇与贵妃，每一年之十月，往骊山。此时正在骊山，乃有中间一段想象之描写，说明羽林卫军之盛，君臣之欢娱。"赐浴皆长缨，与宴非**短褐**。"贵戚聚敛，不爱惜物力："**彤庭**所分帛，本自寒女出。鞭挞其夫家，聚敛贡城阙。""中堂有神仙，**烟雾蒙玉质**。暖客貂鼠裘，悲管逐清瑟。劝客驼蹄羹，霜橙压香橘。"仿佛亲见亲闻，色香味均备。下云"朱门酒肉臭，路有冻死骨。荣枯咫尺异，惆怅难再述"。强烈的对比。

此诗分三段，首段开头至"放歌破愁绝"，述志，自叙出身志愿怀抱；中段"岁暮百草零"至"惆怅难再述"，路经骊山感慨陈词讽谏；末段北渡到家。"入门闻**号咷**，幼子饥已卒。……所愧为人父，无食致夭折。"哀痛之至。结构完整，前后似用史笔。此等诗作法，与王维、李白全异。

此诗极关重要，正是禄山起兵叛国之时，禄山以冬十一月九日反于河北范阳，反的消息尚未达长安也，明皇正在骊山**淫游**。**反书**至，明皇犹不信。此诗言欢娱聚敛，乱在旦夕。时杜甫在旅途，亦未有所闻也。此诗作于天宝十四载十一月，时公年四十四。

诗云"杜陵有布衣"。布衣，尚未官。按钱牧斋《少陵先生年谱》："天宝十四载，授河西尉，不拜。改右卫率府胄曹参军。十一月，往奉先县。"或为参军不久又弃去也。"窃比稷与契"，

◆ 短褐：亦作"竖褐""裋褐"。古时贫苦人穿的粗布衣服。

◆ 彤庭：泛指皇宫。

◆ 烟雾：喻指轻薄的纱罗。
◆ 玉质：形容姿貌肌肤之美。亦用于指美女。

◆ 咷，táo，号哭，大哭。号咷：同"号啕"，形容大声哭。

◆ 淫游：荒淫游乐。
◆ 反书：报告叛乱的文书。

◆瓠，huò。

◆瓠，hù。

◆掊，pǒu，破开。

◆兵象：兵器和用兵的象征。

◆女祸：旧史中称由于宠信女子或由女子执政而败坏国事为"女祸"。

◆临潼县：今陕西西安市临潼区。

◆鄜：fū。

稷即弃，周之先祖，帝喾之子，谷神，后稷。契，商之先祖，亦帝喾之子。两人当尧之兄辈，不为帝而为宰辅。"居然成瓠落"，瓠落，同瓠落、廓落，空大而无所容，大而无当。庄子《逍遥游》"魏王贻我大瓠之种"。瓠落无所容，以其无用而掊之。"白首甘契阔。"契阔，《诗经·邶风·击鼓》"死生契阔"，《传》：契阔，勤苦也。又有一义，契阔谓久别。"潇洒送日月"，潇洒，洒脱也，散落。"蚩尤塞寒空"，注家或以蚩尤为旌旗、车毂、兵象、赤气者，均非是，蚩尤为雾也，蚩尤兴雾，故云。《汉书·成帝纪》："赐舅王谭、商、立、根、逢时爵关内侯。夏四月黄云四塞，博问公卿大夫无有所讳。"此用其典以斥贵妃女祸（俞平伯说）。骊山之宫，即华清宫，天宝年间所改名。有温泉，白氏《长恨歌》"春寒赐浴华清池"者是也。在临潼县南，蓝田县北。

甫至奉先归家后，即得禄山反讯。十二月，封常清兵败，东京陷。高仙芝退保潼关，旋斩。天宝十五载（公元756年）正月，禄山在东京称大燕皇帝，在凝碧池头作乐。此时，王维在东京，李白在江南、江西。六月，哥舒翰兵败，禄山入关，明皇奔蜀。卫兵杀贵妃、国忠。七月，太子即位于灵武。

甫自奉先往白水，自白水往鄜州，住家（公元756年），闻肃宗立，自鄜州奔行在（恐是彭原或凤翔），道路不通，陷贼中，留滞长安，时至德二载（公元757年），公年四十六。

作《哀江头》《哀王孙》两诗，乐府歌行体。

钱牧斋注云：此诗（《哀江头》）兴哀于马嵬之事，专为贵妃而作也。苏辙曾言，《哀江头》即杜甫之《长恨歌》。但毕竟与《长恨歌》不同，一则风流韵事，情致缠绵，近于闲情，隔代之咏；一则当时哀伤，"明眸皓齿今何在，血污游魂归不得。"深刺之。"江头宫殿锁千门，细柳新蒲为谁绿。""黄昏胡骑尘满城，欲往城南望城北。"羁臣思君之词。

　　白居易以其诗分讽喻、闲适、感伤、杂律四类。如老杜之《自京赴奉先县咏怀五百字》，讽喻之类，《哀江头》，感伤之类也。

　　《哀江头》　禄山乱时，公陷贼中所作，时贵妃已死于马嵬驿，明皇已西幸蜀。"江头宫殿锁千门"，江头宫殿指兴庆宫，亦名南内，亦名南苑。《雍录》："兴庆宫在都城东南角，又号南内，与东内、西内称为三省。"本玄宗藩时宅，即位后置为宫。内有勤政务本楼、花萼相辉楼、翰林院、南薰殿、沉香亭等。"白马嚼啮黄金勒"，《明皇杂录》："上幸华清宫，贵妃姊妹各购名马，以黄金为衔勒。"又《新唐书·贵妃传》："妃每从游幸乘马，则力士授辔策。"马嵬驿在兴平县西，渭水北。《唐书·贵妃传》："（贵妃）缢路祠下，裹尸以紫茵，……年三十八。"时天宝十五载（公元765年）六月也。"欲往城南望城北"，"望城北"，一作"忘南北"。王安石集唐诗，两处皆作"望城北"。乐游原地势高，宜可登望，"黄昏胡骑尘满城"，望不分明矣。详录吴旦生《历代诗话》所

◆兴哀：发动哀伤之情。
◆嵬，wéi。马嵬：即马嵬驿，在今陕西兴平市境内，唐代从长安至西域、巴蜀的重要驿站。

◆羁臣：亦作"羇臣"。羁旅之臣，寄居他乡的臣子。

◆《新唐书·贵妃传》：指《新唐书·后妃传·杨贵妃》。下文《唐书·贵妃传》亦指此。

◆兴平县：今陕西兴平市。

◆茵：垫子或褥子。
◆公元765年：应为"公元756年"。

◆头白乌：白头乌鸦，传说中的不祥鸟。

◆延秋门：唐代长安禁苑西门。天宝十四载冬，安禄山起兵叛乱。次年六月，唐玄宗即由延秋门出长安，赴蜀避难。

◆大屋：豪华高大的屋宇。

◆醪，láo，汁滓混合的酒，即酒酿。浊醪：浊酒。

◆摅：表示；发表。

◆惄，nì，忧思，伤痛。

◆易牙：即"狄牙"。官为雍人（主烹割之官），名巫，亦称"雍巫"。春秋时齐桓公近臣。长于调味，善逢迎，传说曾烹其子为羹以献桓公。

◆愍：同"悯"。

说。陆游谓北人谓"向"为"望"。

《哀王孙》"长安城头头白乌，夜飞延秋门上呼。又向人家啄大屋，屋底达官走避胡。"似变化乐府《乌夜啼》，以成新乐府歌行。王孙流于路隅，困苦乞为奴。窜于荆棘，身上无完肤。写乱极，亦是实况。

杜甫陷在长安，与苏端、薛复作《醉歌》，即《苏端薛复筵简薛华醉歌》。

苏端，杜甫常至彼处饮食，见《雨过苏端》诗，云："杖藜入春泥，无食起我早。诸家忆所历，一饭迹便扫。苏侯得数过，欢喜每倾倒。也复可怜人，呼儿具梨枣。浊醪必在眼，尽醉摅怀抱。"

薛复诗亦必可观，惜未传。

《醉歌》中"急觞为缓忧心捣"句，《诗经·小雅·小弁》"我心忧伤，惄焉如捣"，《传》："惄，思也。捣，心疾也。""如渑之酒常快意"，渑，音俛，音泯（去声）。《孟子·告子》疏："渑淄二水为食，易牙亦知二水之味，桓公不信，数试始验。"《左传》："有酒如渑，有肉如陵。"

至德二载（公元757年）五月，逃到凤翔，见肃宗，授左拾遗，作《述怀》："去年潼关破，妻子隔绝久。今夏草木长，脱身得西走。麻鞋见天子，衣袖露两肘。朝廷愍生还，亲故伤老丑。涕泪授拾遗，流离主恩厚。"

同年八月，杜甫从凤翔回到鄜州，作《北征》。这首诗是他回家以后所写。鄜州在凤翔东北，因而题名为《北征》。"征"，旅行。此诗题下原有注云："归至凤翔，墨制放往鄜州，作。"杜甫到凤翔后，任左拾遗职，因为上疏替房琯说话，触忤肃宗，幸得宰相张镐替他辩解，方得无罪。不久，得旨意，他可以回鄜州去走一趟。

《北征》和《自京赴奉先县咏怀五百字》同为长篇五古。首节自叙，忠君眷恋；中间述路途所见秋景，至家妻子欢聚；末节述贼势已弱，不久可收京。回纥助战，亦可忧虑；结以颂扬中兴之业。

李黼平《读杜韩笔记》，谓杜甫《北征》中"不闻夏殷衰，中自诛褒妲"不误。《史记·周本纪》龙漦事伯阳明言昔自有夏之衰。骆宾王《讨武氏檄》亦云龙漦帝后识夏庭之遽衰。骆在杜前，诗盖本于是矣。

[附]根据同学中报告、讨论的意见

（一）《北征》分段

1. "皇帝二载秋"至"忧虞何时毕"（有的意见到"臣甫愤所切"）：离朝廷告归。

2. "靡靡逾阡陌"至"残害为异物"（有的意见到"及归尽华发"）：道路经历。

3. "况我堕胡尘"至"生理焉得说"：回家情况。

4. "至尊尚蒙尘"至"树立甚宏达"：忧念国事。

（二）从《北征》看杜甫的思想

杜甫固然有为国为民的思想，但不是近代

◆墨制：犹墨敕。由皇帝亲笔书写，不经外廷盖印而直接下达的命令。

◆黼，fǔ。

◆漦，chí，涎沫。龙漦：传说中神龙的唾液。相传周厉王后宫中的一名童妾受龙漦而受孕，生褒姒。周幽王宠褒姒，想要废黜申后所生的太子而立褒姒之子伯服，引起申戎之乱，西周因此灭亡。后以此指祸国殃民的女子。

◆靡靡：行步迟缓貌。

◆异物：指死亡的人，"鬼"的讳辞。

◆堕，duò，落，摔。"况我堕胡尘"：指杜甫曾被叛军俘虏。

◆生理：生计。

◆蒙尘：旧谓帝王或大臣逃亡在外，蒙受风尘。

的民主思想，乃是在封建社会中的爱民思想。他是代表士大夫阶级，一边爱戴君王，决不攻击，只能说恐君有遗失；一边在诗歌里代为表达些人民的声音。《北征》以皇帝（肃宗）始，以太宗结，乃是忠于李姓一家的。以皇帝为中心，皇帝代表天下。这是杜甫做了拾遗以后的士大夫架子，同"杜陵有布衣"口气不同了，也许会"取笑同学翁"的。

后世所以推崇杜甫，原因也为了他这种忠君爱国的思想，可以为统治阶级所利用。

君主不必如何有威权，臣子自然要拥护，此之为天经地义。有反对宰相者，无反对君王者，君王是一偶像，是神圣的。后世不应有这种思想，否则成为极权主义。

以前天子并无最后表决权。杜甫亦有议君王处，如"圣心颇虚伫"一段。

◆虚伫：虚心期待。

继《北征》，作《羌村三首》，极佳。

羌村，或在今鄜县、洛川县间。在陕西鄜县，秦文公作鄜畤，祀白帝。

◆畤，zhì，古时帝王祭祀天地五帝的场所。鄜畤：雍地五畤之一，祭祀白帝。

第一首，记乱后归家，悲欢交集之状。日脚，日光下垂也。岑参诗"雨过风头黑，云开日脚黄"。（《送李司谏归京》）元稹诗"雪花布遍稻陇白，日脚插入秋波红"。（《酬郑从事四年九月宴望海亭次用旧韵》）

第二首，叙还家后事。述及娇儿，可与《北征》同看。"故绕池边树"，故，屡也。杜诗《月三首》"时时开暗室，故故满青天"。仇注：故故，屡屡也。

第三首，记邻里之情。可与陶渊明《饮酒》比较。渊明诗云："清晨闻叩门，倒裳往自开。问子为谁欤？田父有好怀。壶浆远见候，疑我与时乖。"（《饮酒》之九）"故人赏我趣，挈壶相与至。班荆坐松下，数斟已复醉。父老杂乱言，觞酌失行次。"（《饮酒》之十四）

◆倒裳：把衣服穿倒了，形容仓促、慌忙。
◆好怀：好兴致。
◆班：铺开，摊开。班荆：铺荆于地上，以便于坐下。

《北征》《羌村三首》是757年八月杜甫离开凤翔回到鄜州家中以后所作，而在回家途中，路过玉华宫，作《玉华宫》一诗。此诗格调高绝，宋人多拟作。诗云：

溪回松风长，苍鼠窜古瓦。
不知何王殿，遗构绝壁下。
阴房鬼火青，坏道哀湍泻。
万籁真笙竽，秋色正潇洒。
美人为黄土，况乃粉黛假？
当时侍金舆，故物独石马。
忧来藉草坐，浩歌泪盈把。
冉冉征途间，谁是长年者？

◆遗构：前代留下的建筑物。
◆阴房：阴凉的房室。

玉华宫是唐太宗贞观二十一年（公元647年）所建，在宜君县西北，地极清幽，后靠山岩，旁引涧水，建筑朴素，正殿覆瓦，余皆茸茅。太宗曾经在那里住过，作为清凉避暑之所。到唐高宗时，651年，即废宫为佛寺，称玉华寺。杜甫在一百多年后见到它，已经荒废不堪了。

◆宜君县：属陕西铜川市。

此诗查云：上去两声兼用。今按诗韵，下、泻

◆祃，mà。

◆醸：即酿。醁，lù。

◆回远：迂曲遥远。

◆冯钟芸（1919—2005）：女，河南南阳市唐河县人。北京大学中文系教授，文学史家，语文教育家。1941年毕业于西南联大中国语言文学系。1941年夏至1943年夏在西南联大附设学校任语文教师。1943年任西南联大中文系助教，是西南联大第一位女教师。

◆省家：返家看望父母或其他尊亲。

◆李宾之：即李东阳（1447—1516），字宾之，号西涯，茶陵（今属湖南）人。明代文学家。

◆广平王：指唐代宗李豫（727—779），肃宗长子，肃宗即位后为唐军统帅，统领郭子仪等收复两京。

两字，马祃均收，此诗可以说是纯用上声也。

《古唐诗合解》有注云："玉华宫前溪名醸醁，溪回远，松风不歇。"

此诗第一句写寺外之溪及溪边之松。第二句写寺之屋顶，从古瓦到引起遗构。有松，有溪，有古寺，有苍鼠、古瓦，又有绝壁之岩，地少人行，旅客独至，诗中有画，鬼火青是色，哀湍泻是声，万籁笙竽是声，秋色潇洒，又是色。真、正=verb to be。四句中唯有"泻"字是真动词，其余"青""真""正"皆用作动词。冯钟芸称此等字为联系词（见其所作《杜诗中的联系词》）。

美人粉黛句不可解。或云玉华宫旁有苻坚墓，故云。石马尤为陵墓物，唯粉黛假或指玉华寺中壁画，菩萨或侍女斑驳模糊亦未可知。石马或苻坚墓所留。当时寺墓均已荒凉，杜老亦不辨谁属耳。

末四句因吊古而自吊。冉冉，行貌。《离骚》"老冉冉其将至兮"，此处是双关的，一边实说冉冉征途，系他从凤翔省家回鄜州，途中经过坊州宜君县地；一边关联到老冉冉其将至，故云"谁是长年者"，犹言长生的人。如不用"冉冉"而用"仆仆征途间"，那么同"长年者"没有了联系。

李宾之曰：五七言古诗，子美多用侧韵，如《玉华宫》《哀江头》等篇，其音调起伏顿挫，独为矫健。

至德二载正月，安禄山为安庆绪所弑，春间，史思明为李光弼所破。九月，广平王统朔方、安西、回纥众收西京，十月，安庆绪奔河北，广平王收东京。（杜甫《北征》作于八月，尚有用不用回纥

第八课　杜　甫

之议。）十月，肃宗自凤翔还京，杜甫扈从还京。十二月，明皇还京。（出外一年半。）甫于收京后，作七古《洗兵马》。

乾元元年（公元758年）九月，命郭子仪等九节度使兵围邺，讨伐安庆绪。乾元二年（公元759年）正月，史思明称燕王，三月思明杀安庆绪，九节度使兵溃于相州（邺），以李光弼代郭子仪。九月，史思明陷东都。

杜甫于乾元元年仍任左拾遗，六月，出为华州司功参军。冬晚间至东都，乾元二年春自东都回华州。一路所见，作《三吏》《三别》。

《新安吏》　杜甫从洛阳到华州途中，经过新安县（在今河南省）见到征丁役的事，写作这首诗。"客行新安道，喧呼闻点兵。"新安县小，抽壮丁，服兵役，无丁选中男。杜甫同情他们的痛苦，但言"况乃王师顺，抚养甚分明。送行勿泣血，仆射如兄弟"以慰之，鼓励他们从军。

《潼关吏》　邺城败后，恐洛阳失守，士卒筑城潼关，乱后修补残创，以防万一。此诗言潼关之险要，哀哥舒之兵败。杜甫由华州往还洛阳所见。

《石壕吏》[1]　石壕，陕州陕县的石壕镇，在今河南省陕县东。杜甫至宿民家，闻此抽丁之事。吏夜捕人，老翁逾墙走，老妪去应河阳之役。此诗伤九节度使兵之败，以致如此；却并非厌战，不愿民之服役，须如此看。

◆扈从：皇帝出巡时的护卫侍从人员。

◆华，huà。华州：州名，今陕西渭南市华州区。

◆"《三吏》"：如下文所述，"《三吏》"是对《新安吏》《潼关吏》《石壕吏》三首诗的统称。这里对"三吏"二字使用书名号，是不符合现行《标点符号用法》规范的，应该使用双引号，以表达"三吏"二字是具有特殊含义而需要特别指出的。但因作者在创作本文的时候，对标点符号的使用尚无规范可循，且为保留原貌，故不修改。后文的"《三别》"也是同样情况。

◆"哥舒之兵败"是指：756年6月，在唐玄宗多次催促下，据险而守潼关的哥舒翰不得不主动出兵攻打安禄山叛军，结果被叛军伏击，被俘后投降了安禄山。

◆陕县：今河南三门峡市陕州区。

---

[1] 见课后延展阅读：《石壕吏》。

上面三首诗，是战乱时的插曲，叙事兼议论。《新婚别》《垂老别》《无家别》，泛泛说民间离别之事。有几种情形，最为动人，即生离死别之事。非乐府旧题，乃是新拟乐府之题。虽是泛泛说，不指定姓张、姓李的事，可是指定一个时代，是现代，是唐代，不是指秦汉时代，同《饮马长城窟行》等又不同。

《新婚别》　写一个新婚的人在结婚第二天便被征去河阳守防。全篇为新妇别丈夫的话。开始以"兔丝附蓬麻，引蔓故不长"作比兴语（《三吏》通篇用赋），引出"嫁女与征夫，不如弃路旁"。中间有"勿为新婚念，努力事戎行"之语。

《垂老别》　写一个被征调去当兵的老人。全篇作为老人的自述。"老妻卧路啼，岁暮衣裳单。孰知是死别？且复伤其寒。"生离死别，相互关怜。"人生有离合，岂择衰盛端。"老年勉应兵役。

《无家别》　写一个刚从战场上回来又被征去的人。全篇作为本人的自述。家室荡然，还乡孤苦，仍不得息，又应兵役。无家，无屋舍亦无家室，母又死了，无家可别了。诗结尾句"人生无家别，何以为蒸黎"。蒸黎，民也。又作黎蒸，见司马相如《封禅文》"正阳显见，觉寤黎蒸"。

此数诗并非厌战思想（与《兵车行》不同），乃是实写民间之苦，见明皇、贵妃李杨等人之罪恶，变太平为干戈，亦以惜九节度使兵之溃退耳。

时关辅饥，乾元二年七月，杜甫弃官西去。

◆兔丝：即菟丝子，一年生缠绕寄生草本植物，茎细柔，呈丝状，橙黄色，叶子退化或无，开白色小花。种子可入药。

◆正阳：古人以龙为阳类，是高贵的君王之象，故称正阳。

◆觉寤：亦作"觉悟"。启发；开导。

◆关辅：古地名，指关中及三辅地区。相当于今陕西关中地区。

度陇，客秦州。十月，往同谷县，寓同谷。十二月一日，自陇右入蜀至成都。作《秦州杂诗二十首》《发秦州纪行十二首》《寓居同谷县作歌七首》《发同谷县赴剑南纪行十二首》等。

《乾元中寓居同谷县作歌七首》 乾元二年（公元759年）十一月，杜甫居住同谷县时作。同谷县，今甘肃成县。

其一，说作客、白头，天寒日暮在山谷里拾橡栗。"呜呼一歌兮歌已哀，悲风为我从天来。"

其二，"长镵长镵白木柄，我生托子以为命。"山中掘吃的东西，一无所得而归，男呻女吟。

◆镵，chán。长镵：亦作"长攙"。古代一种铁质掘土工具。

其三，忆弟。"有弟有弟在远方，三人各瘦何人强。"

其四，忆妹。嫁在钟离，"良人早殁诸孤痴"。

◆良人：古代女子对丈夫的称呼。

其五，作者客居穷谷，忧魂魄不得归故乡。

其六，龙湫有蝮蛇，拔剑欲斩。

◆湫，qiū。龙湫：上有悬瀑下有深潭谓之龙湫。

末首，总结。"男儿生不成名身已老，三年饥走荒山道。长安卿相多少年，富贵应须致身早。"

歌词哀痛激烈，似《胡笳十八拍》，用"兮"字，楚歌。亦暗用《招魂》内容。

◆蝮蛇：一种毒蛇，头部呈三角形，身体灰褐色，有斑纹。

上元元年（公元760年），杜甫至成都，卜居成都西浣花溪旁，经营草堂。有《卜居》诗云："浣花溪水水西头，主人为卜林塘幽。"（或云剑南节度为公卜居，或云甫自己所经营。）有《江村》诗写闲居之情况：

◆致身：原指献身，后用作出仕之典。

清江一曲抱村流，长夏江村事事幽。

> 自去自来堂上燕，相亲相近水中鸥。
> 老妻画纸为棋局，稚子敲针作钓钩。
> 多病所须唯药物，微躯此外更何求？

又有《客至》诗云：

> 舍南舍北皆春水，但见群鸥日日来。
> 花径不曾缘客扫，蓬门今始为君开。
> 盘飧市远无兼味，樽酒家贫只旧醅。
> 肯与邻翁相对饮，隔篱呼取尽余杯。

761年，年五十，居草堂。时严武为成都尹。762年、763年，往来梓州、阆州、成都间，除京兆功曹，在东川。广德二年（公元764年），严武再镇蜀，甫归成都，在武幕中，有《宿府》诗：

> 清秋幕府井梧寒，独宿江城蜡炬残。
> 永夜角声悲自语，中天月色好谁看？
> 风尘荏苒音书绝，关塞萧条行路难。
> 已忍伶俜十年事，强移栖息一枝安。

此首诗全体对仗，三四句法稍为特别，系五二句法。一句视觉，一句听觉。三四写景，五六叙事抒情，此是七律两联变换方法。但老杜以前所作，亦多两联均写景，或两联均叙事者。

悲自语，角声之悲咽如自言自语，亦伴人之孤吟梦呓耳。伶俜：辛苦孤单也。此两句移用到今日，我们复原后情景亦无不合。

严武与甫为世交，时武节度东西川，表甫为工部员外郎。武待甫甚厚，亲至其家，而甫见之，或时不巾。尝醉登武床，瞪视武曰："严挺之有此儿。"（故事：武衔恨，欲杀之，冠钩于帘者三，乃得免。

◆ "多病所须唯药物"：另有"但有故人供禄米"一说。

◆ 飧，sūn，晚饭，也指简单的饭食。

◆ 兼味：两种以上的菜肴。

◆ 醅，pēi，未过滤的酒。旧醅：陈酒，旧酿。

◆ 永夜：长夜。

◆ 中天：高空中；半空。

◆ 伶，líng。俜，pīng。伶俜：孤零。

◆ 不巾：没有戴头巾。唐时男子在家多穿常服，戴平巾帻（zé）。

《新唐书》载之。）

　　代宗永泰元年（公元765年）四月，严武卒。甫辞幕府，归浣花溪草堂。五月离草堂南下，至戎州，至渝州。六月至忠州，旋至云安县。大历元年（公元766年）春，自云安至夔州。秋，寓于夔之西阁。作《秋兴八首》，为杜氏七律中之最有名者。作《咏怀古迹》五首，作《阁夜》一首，皆七律。《夔府书怀四十韵》。其中《秋兴八首》之一中有"丛菊两开他日泪，孤舟一系故园心"句，每句分成两节，"丛菊两开"是做客之景，因此而想到"往日"，"他日"等于"往日"，"他"字平声，以"泪"字作绾合。"孤舟一系"是今日之情景，因此想到"故园"（故乡），以"心"字作绾合。上句时间，下句空间。

　　这期间，甫有《返照》一首：

　　　　楚王宫北正黄昏，白帝城西过雨痕。
　　　　返照入江翻石壁，归云拥树失山村。
　　　　衰年病肺唯高枕，绝塞愁时早闭门。
　　　　不可久留豺虎乱，南方实有未招魂。

"南方实有未招魂"，自比屈原，忠臣羁旅，放逐未归，恐不克生还北方耳。此"招魂"用楚辞，上边楚王宫已点此。后面豺虎之不可久居，亦用招魂语，至此病肺，则病中招魂尤切。后世的诗多数为诗骚传统，如杜甫此首，几乎全用楚辞，以屈原自况。

　　大历三年（公元768年），正月去夔出峡，三月至江陵，秋移居公安，冬晚至岳州。大历四年（公

◆ 绾，wǎn。绾合：联结。

◆ 白帝：古城名。在今重庆奉节县东白帝山上。东汉初公孙述筑城。述自号"白帝"，故以为名，并移鱼复县治此。城居高山，形势险要，三国时为蜀汉防吴重镇。

◆ 归云：犹行云。

◆ 绝塞：极远的边塞。

◆ 不克：不能。

◆ 自况：犹自比。

◆紫盖：紫色车盖，帝王仪仗之一。借指帝王车驾。

◆岌：yè，高耸貌。

◆魏夫人：指晋代女道士魏华存（252—334），字贤安，任城（今山东济宁市东南）人。司徒魏舒（209—290）之女。曾为天师道祭酒，是上清派第一代宗师。

◆如：往；去。

◆耒阳县：今湖南耒阳市。

◆嗣业：杜甫孙子杜嗣业（780—？）。

◆首阳山：山名，位于今河南洛阳市偃师区。此处至今仍存杜甫墓。

元769年）正月自岳州至潭州，未几入衡州，夏畏热，复回潭州。有《岳麓山道林二寺行》及《望岳》①。他曾到过泰山、华山，入湘去了南岳。其《望岳》诗云："祝融五峰尊，峰峰次低昂。紫盖独不朝，争长岌相望。恭闻魏夫人，群仙夹翱翔。有时五峰气，散风如飞霜。牵迫限修途，未暇杖崇冈。"因未尝登绝顶也。

大历五年（公元770年）欲如郴州，依舅氏崔伟，因至耒阳（今湖南耒阳县，在衡阳南），卒于耒阳，年五十九（故事：为暴雨所阻，旬日不得食，耒阳聂令迎甫而还，啗牛肉白酒，一夕而卒。《新唐书》采之，诬也。甫有"谢聂令诗"。一说卒于岳阳）。元和中，孙嗣业迁甫柩归葬于偃师西北首阳山之前。

三、杜诗的特征

杜甫诗空前绝后，为中国第一诗家。虽与李白齐名称李杜，而元微之已著论扬杜抑李，韩愈则并称之，谓"李杜文章在，光芒万丈长"。又与韩文并称，作杜诗韩笔。

杜甫诗可分数点论之：

1. 以时事入诗，有"史诗"之目

唐代政治得失，离乱情形，社会状况，皆可于杜诗中求之。杜氏不过为拾遗，且不为肃宗所喜，

---

① 杜甫一生共作三首《望岳》，这首是咏衡山。其咏泰山的一首更广为人知。见课后延展阅读：《望岳》。

晚依严武，而流寓在蜀，而忠爱性成，常有感愤时事、痛哭流涕之作。故论者以李白为诗仙，而以杜甫为诗圣也。《新安吏》《潼关吏》《石壕吏》《新婚别》《垂老别》《无家别》称"三吏""三别"，皆乾元二年相州兵溃时作，写乱世民间疾苦，此类诗乃不虚作，得"三百篇"之遗意。他若《兵车行》《丽人行》《洗兵马》《哀江头》。《兵车行》写明皇用兵吐蕃民苦行役而作，《前出塞》同。《丽人行》讽杨氏姊妹兄弟作，而《虢国夫人》一首则直称时人之名，此古诗所少有。《哀王孙》写禄山乱时贵族流离之苦，"可怜王孙泣路隅，问之不肯道姓名。但道困苦乞为奴，已经百日窜荆棘。身上无有完肌肤"。《哀江头》陷贼中在长安作，"明眸皓齿今何在，血污游魂归不得。清渭东流剑阁深，去住彼此无消息"。慨马嵬西狩事。《洗兵马》收复西京后作，其中"攀龙附凤势莫当，天下尽化为侯王"含讽刺意，盖当乱平以后，滥升官职也。大概"安史之乱"前后公诗皆为政治的、有关时事的。

◆明皇用兵吐蕃：另一观点认为是对南诏用兵。

◆血污游魂：指杨贵妃缢死马嵬驿。

◆西狩：指唐明皇入蜀避难。

2. 多自叙及述怀之诗

最长之篇为《北征》，自凤翔见肃宗后返鄜州省家作。《奉赠韦左丞丈二十二韵》天宝七载不得志将离长安作。《自京赴奉先县咏怀五百字》天宝十四载作。玄宗在华清宫，时禄山即反也。自叙志愿为"许身一何愚，窃比稷与契"。写途中云"岁暮百草零，疾风高冈裂。天衢阴峥嵘，客子中夜发。霜严衣带断，指直不能结"。写骊山宴乐云

"中堂有神仙，烟雾蒙玉质。暖客貂鼠裘，悲管逐清瑟。劝客驼蹄羹，霜橙压香橘"。而接以评语云"朱门酒肉臭，路有冻死骨"！

3.自铸伟词，创造句法，开诗之新格律

"语不惊人死不休""读书破万卷，下笔如有神"，较之李白一味拟古，自是不同。开后来诗人之门户，而当时人或不重之也。入蜀以后，格律尤细，至如《秋日夔府咏怀一百韵》《夔府书怀四十韵》等，排律之擅场，千古一人而已。

4.融贯儒家思想以为根本

一生流离颠沛，自喻自解，颇有诙谐之处，以smooth（平复）种种惨苦之情，愈见其"但觉高歌有鬼神，不知饿死填沟壑"，浩歌弥激烈耳。伟大的诗人人格必高。他信仰孔孟思想，唯一生不得志。严武有一时也对他不满意，于是才有了他对严武无礼貌，喊出"严挺之有此儿"的故事。不过他是积极的，当他悲观到极点，却用诙谐的方式表现出来，所以可爱。其幽默的诗风如陶渊明。对人生若理会、若不理会，如《茅屋为秋风所破歌》。虽有诙谐笔墨，但其对于诗的看法非常认真而严肃，认为一生之表见唯在于诗耳。

5.在技术上，他模拟所有一切前人之作

杜甫在《戏为六绝句》里说"不薄今人爱古人"，于《大雅》、《小雅》、阮籍、左思、谢灵运、何逊、阴铿、庾信、初唐"四杰"、沈佺期、宋之问皆有所学，故能集诗之大成。

如杜诗"云白山青万余里，愁看直北是长

◆《秋日夔府咏怀一百韵》：应为"《秋日夔府咏怀奉寄郑监李宾客一百韵》"。

◆何逊（？—约518）：字仲言，东海郯（今山东临沂市郯城北）人。南朝梁诗人。

◆铿，kēng。阴铿（生卒年不详）：字子坚，武威姑臧（今甘肃武威市）人。南朝文学家。

安"，从沈佺期"两地江山万余里，何时重谒圣明君"来；杜诗"春水船如天上坐，老年花似雾中看"，从沈佺期"人疑天上坐，鱼似镜中悬"来。盖其祖杜审言与佺期等为友，杜律诗自沈开拓也。

有人问，唐代佛教甚盛，何以杜甫绝不受其影响。按：杜集亦有与上人来往者，如钱笺本卷三有《寄赞上人》《别赞上人》二首。卷四《赠蜀僧闾丘师兄》末句"惟有摩尼球，可照浊水源"，卷五《谒文公上方》云"愿闻第一义，回向心地初。金篦刮眼膜，价重百车渠。无生有汲引，兹理傥吹嘘"，等等。

李杜比较

李杜同时人，当时已齐名，韩愈以之并称。

李白拟古代乐府，杜的乐府是新定的、创造的。

李白为道家，为神仙家，杜甫纯粹儒者。杜甫关心时事，李白对于时事，不甚关心。如玄宗幸蜀，杜甫痛哭流涕，而李白乃作《上皇西巡南京歌》极轻清流丽之至，大有蜀间乐不必长安之意。

李白思想近于浪漫、颓废、出世，而杜甫则纯粹积极。

虽韩愈并推李杜，而同时的元微之著论已扬杜抑李，云杜甫为千古诗人之宗。李诗是天才的流露，杜诗是用苦工做出来的。

论影响后世，李亦远不及杜。唐代韩（愈）、

◆摩尼球：指摩尼宝珠，佛教七宝之一。

◆上方：指仙、佛所居的天界。亦以称佛寺、道观。此处指寺院。

◆第一义：佛家语。指无上至深的妙理。

◆金篦刮眼膜：古时印度用金篦治疗眼疾；印度僧人受戒时，用金篦刮目，表示去除智障，使心地明净。此处比喻幡然悔悟。

◆车渠：即砗磲。一种稀有宝石，佛教七宝之一。

◆南京：此处指成都。玄宗入蜀，禅位于肃宗，肃宗下诏定成都为"南京"。

◆袁海叟：即袁凯（约1310—?），字景文，号海叟，华亭（今上海松江区）人。元末明初诗人。

◆李空同：即李梦阳（1473—1530），字献吉，又字天赐，号空同子，庆阳·（今属甘肃）人，后徙河南扶沟（今河南周口市扶沟县）。明代中期文学家。

◆长吉：即李贺（790—816），字长吉。福昌（今河南洛阳市宜阳西）人。唐诗人。

◆屈翁山：即屈大均（1630—1696），初名绍隆，字介子、翁山，广东番禺（今广东广州市）人，清文学家。

◆黄仲则：即黄景仁（1749—1783），字汉镛，一字仲则，江苏武进（今江苏常州市）人。清诗人。

◆饭颗山：相传是唐代长安附近的一座山。

◆卓午：正午。

白（居易）、李（商隐）、杜（牧）；宋则苏（轼）、黄（庭坚）、陈（师道）、陆（游）皆学杜；金则元好问；明则袁海叟（凯）《白燕诗》学杜、李空同学杜；清人则钱（谦益）、吴（伟业）、顾亭林辈皆学杜。诗中之有杜派为诗之正宗也。学李者，则长吉、苏轼、杨诚斋略有之，屈翁山、黄仲则有才如李白之称，实则不逮远甚也。

唐人选唐诗甚少收入李杜之作，或者认为时人不重李杜诗，此说未必，或因当时李杜二集风行普遍，当时选家不愿多录耳。

李杜二人交情很好。《唐诗纪事》录"饭颗山头逢杜甫，头戴笠子日卓午。借问别来太瘦生，总为从前作诗苦"诗，谓李嘲杜作，此乃小说家所为。

（选自《中国文学史稿》魏晋南北朝隋唐卷，浦江清著，浦汉明、彭书麟整理）

延展阅读

石壕吏
[唐] 杜甫

【原文】

暮投石壕村,有吏夜捉人。老翁逾墙走,老妇出门看。

吏呼一何怒!妇啼一何苦!

听妇前致词:三男邺城戍。一男附书至,二男新战死。存者且偷生,死者长已矣!室中更无人,惟有乳下孙。有孙母未去,出入无完裙。老妪力虽衰,请从吏夜归,急应河阳役,犹得备晨炊。

夜久语声绝,如闻泣幽咽。天明登前途,独与老翁别。

【译文】

傍晚投宿在石壕村,夜里有差役到村子里抓壮丁。老翁翻墙逃跑,老妇人走出去开门应付。

差役吼得多么凶恶!老妇人哭得多么凄苦!听到老妇人走上前去说:我的三个儿子在邺城服兵役。一个儿子寄信回来说,另外两个儿子刚刚战死。活着的人暂时苟且活着,死了的人生命永远停止了!家里再也没有其他人了,只有一个尚在吃奶的孙子。有孙子在,他母亲还没离开,出门都没有一件完整的衣服。我虽然年迈体衰,但请让我跟你们连夜回营,赶快到河阳服役,还来得及准备早饭。

夜深了,说话的声音停止了,隐约听到低微断续的哭泣声。天亮后我要继续踏上路途,只有和老翁一人告别。

望 岳

[唐]杜甫

【原文】

岱宗夫如何？齐鲁青未了。
造化钟神秀，阴阳割昏晓。
荡胸生层云，决眦入归鸟。
会当凌绝顶，一览众山小。

【译文】

泰山的景致怎么样？横跨齐鲁大地，山色苍茫，连绵不断。

大自然把天地间神奇秀美的灵气都聚集在此，泰山南北，一面明亮一面昏暗，迥然不同。

层层白云使得心胸摇荡，极力睁大眼睛远望鸟儿回归山林。

一定要登上泰山最高峰，俯瞰显得渺小的群山。

第九课
白居易、元稹、刘禹锡

主讲人 蒲江清

白居易

（一）白居易的生平

白居易（772—846），字乐天，其先太原人，徙下邽（今陕西渭南县东北）。晚年居香山，又官太子太傅，因称白香山、白傅或白太傅。

白居易自述婴儿时，即能默识"无""之"两字。及五六岁，便学为诗。相传十六岁时，便以诗文进谒时为名士的顾况。顾况见其名，即戏之曰："长安米贵，居大不易。"及阅至他的《赋得古原草送别》[1]，读到"野火烧不尽，春风吹又生"这样的诗句，为他的才华惊异，又说"有才如此，居易不难"了。

德宗贞元中，擢进士第，补校书郎。宪宗元和初，调周至尉，集贤校理，寻召为翰林学士，左拾遗。元和四年，数言事，谓"陛下误矣"，帝不悦。六年丁母忧。期满，又以事不悦于宰相，有言居易母堕井死，而居易赋《新井篇》言浮华无实，

◆渭南县：今陕西渭南市临渭区。

◆香山：山名，在今河南洛阳市龙门山东，因盛产香葛而得名。白居易晚年捐资重修香山寺，常住寺内，自号"香山居士"。去世后葬于此，今香山白园仍存白居易墓，称白园。

◆周至：原名盩（zhōu）厔（zhì），唐时县名，今陕西西安市周至县。白居易在此创作《长恨歌》。

---

[1] 见课后延展阅读：《赋得古原草送别》。

行不可用，出为江州刺史，中书舍人王涯上书言：所犯状迹，不宜治郡。追贬江州司马。徙忠州刺史。穆宗初，征为主客郎中知制诰。复乞外，历杭苏二州刺史。文宗立，以秘书监召，迁刑部侍郎，俄移病，分司东都，拜河南尹。开成初起为同州刺史，不拜，改太子少傅。会昌初，以刑部尚书致仕。会昌六年卒，年七十五。赠尚书仆射，谥曰"文"。自号醉吟先生，亦称香山居士。（参见《新唐书》一一九卷。）

白氏与元稹交情最善，交往二十多年，互相唱和，尤其在唐宪宗元和年间二人往来的诗很多。白居易《赠元稹》诗云："自我从宦游，七年在长安。所得唯元君，乃知定交难。"又云："所合在方寸，心源无异端。"《旧唐书·元稹传》曰：

> 稹，聪警绝人，年少有才名，与太原白居易友善。工为诗，善状咏风态物色，当时言诗者，称元白焉。白衣冠士子，闾阎下俚，悉传讽之，号为"元和体"。

诗声调很古，在古诗律诗之间。白居易诗集称《白氏长庆集》，元稹诗集称《元氏长庆集》。又称长庆体。长庆为唐穆宗年号。

（二）白居易的文学主张

白居易接受儒家传统思想的教育和影响，这是其政治思想的主要方面，同时也有道家思想。

白居易对于诗的主张，是继承儒家的思想，恢复《诗经》讽喻、美刺的传统。其文学观点主要见

◆移病：旧时官员上书称病辞职。

◆不拜：不接受任命。

◆聪警：聪明机警。

◆"白衣冠士子，闾阎下俚"：应为"白衣冠士子，至闾阎下俚"。

◆闾阎：里巷的门。后多借指里巷。

◆下俚：同"下里"。谓乡里，乡野。

第九课 白居易、元稹、刘禹锡

于《与元九书》，先看下面一段话：

> 自登朝来，年齿渐长，阅事渐多，每与人言，多询时务；每读书史，多求理道；始知文章合为时而著，歌诗合为事而作。是时，皇帝初即位，……启奏之外，有可以救济人病，裨补时阙，而难于指言者，辄咏歌之。欲稍稍递进闻于上。

◆登朝：进用于朝廷，指出仕、做官。

"文章合为时而著，歌诗合为事而作"，把文学和社会政治联系起来。他认为后人作诗应该恢复《诗经》的意旨。他在《与元九书》里还说：

> 人之文，六经首之，就六经言，《诗》又首之。……圣人知其然，因其言，经之以六义。

◆"人之文，六经首之，"：结合第126页看，"人之文，六经首之。"的形式更准确一些。

于是，他以《诗经》之六义为标准衡量文学，特别是诗歌的盛衰：

> ——周衰秦兴，采诗官废。上不以诗补察时政，下不以歌泄导人情。于时六义始刓矣！

◆刓，wán，磨损，残缺。

> ——《国风》变为《骚辞》，去《诗》未远，梗概尚存。虽义类不具，犹得风人之二三焉。于时六义始缺矣。

> ——晋宋以还，得者益寡。谢灵运溺于山水，陶渊明偏于田园，江淹、鲍照亦狭于此。梁鸿《五噫》之例者，百无一二焉。于时六义寖微矣。

◆寖微：逐渐衰微。

> ——至于梁陈间，率不过嘲风雪，弄花草而已。风雪花草之物，三百篇中岂舍之乎？顾所用何如耳。……皆兴发于此，而义归于

彼。然则"余霞散成绮，澄江静如练"（谢朓）、"离花先委露，别叶乍辞风"（鲍照）之什，丽则丽矣，不知其所讽焉。于时六义尽去矣。

——唐兴二百年，诗人不可胜数。所可举者，陈子昂有《感遇诗》二十首，鲍防有《感兴诗》十五首。诗之豪者，世称李、杜。李之作，才矣奇矣，人不逮矣。索其风、雅、比、兴，十无一焉。杜诗最多，可传者千余首，至于贯穿古今，覙缕格律，尽工尽善，又过于李；然撮其《新安吏》《石壕吏》《潼关吏》《塞芦子》《留花门》之章，"朱门酒肉臭，路有冻死骨"之句，亦不过十三四。杜尚如此，况不逮杜者乎？

从上所述，可以看出白居易是中唐诗坛上注重反映现实的代表作家。还应看到，他论诗不仅强调诗之作用在"补察时政""泄导人情"，同时也很重视诗的艺术表现性。在《与元九书》里说：

人之文，六经首之。就六经言，《诗》又首之。何者？圣人感人心而天下和平。感人心者，莫先乎情，莫始乎言，莫切乎声，莫深乎义。诗者，根情、苗言、华声、实义。上自圣贤，下至愚骏，微及豚鱼，幽及鬼神；群分而气同，形异而情一；未有声入而不应，情交而不感者。

白居易指出《诗经》在《六经》中最能感动人心，是由于它"根情、苗言、华声、实义"。概而言

◆鲍防（722—790）：字子慎，襄州襄阳（今湖北襄阳市）人。唐朝诗人。

◆不逮：比不上；不及。

◆覙，luó。覙缕：亦作"罗缕"，多指语言委曲详尽而有条理。

◆骏，ái，迟钝，不灵敏。愚骏：痴傻的人。

◆豚鱼：猪和鱼。多比喻微贱的东西。

之，他把"情""言""声""义"作为评价诗歌的重要尺度。白居易关于诗歌艺术特性和社会作用关系之认识，渊源于古代诗乐理论。

之一，《诗大序》：

> 诗者，志之所之也，在心为志，发言为诗。情动于中，而形于言。言之不足，故嗟叹之；嗟叹之不足，故永歌之；永歌之不足，不知手之舞之，足之蹈之也。
>
> 情发于声，声成文，谓之音。治世之音安以乐，其政和；乱世之音怨以怒，其政乖；亡国之音哀以思，其民困。
>
> 故正得失，动天地，感鬼神，莫近于诗。先王以是经夫妇，成孝敬，厚人伦，美教化，移风俗。

◆永歌：咏歌，歌唱。

之二，《诗品》：

> 气之动物，物之感人，故摇荡性情，形诸舞咏。照烛三才，晖丽万有。灵祇待之以致飨，幽微藉之以昭告。动天地，感鬼神，莫近于诗。

◆摇荡：鼓动，鼓舞。
◆万有：犹万物。

动天地，感鬼神，在初民社会里，是巫者之事，在帝王时代是史祝之事。文人由巫史来。

magic（巫术）——religion（宗教）——literature（文学艺术）〔poetry（诗歌）〕——philosophy（哲学）——science（科学）

{ natural science（自然科学）
  social science（社会科学）

但在sciences极发达的时候，humanistic study

（人文主义的研究）仍旧占重要的地位。literary criticism（文艺批评）合文艺批评与人生的批评为一。

情和义，诗的内蕴；言和音，诗的外形。根与实充实内蕴，苗与华完成外形。

诗根乎情，因诗的发达而情益深。故诗歌文学可以瀹人性灵、深广人的感情，发展人性之美。〔当然，小说、戏剧具同样作用，据西洋文论家的观点，小说、戏剧实在是诗的modern form（新样式）。〕但诗是语言文字最精练的一种，所以，虽然有了小说、戏剧，诗依旧在顽强地生长着。读无论哪种语言，必须懂得它的诗歌，方始认为真正懂得了那种语言文字。同时，诗又为最早的语言的发展提供了载体，如希腊文的发展靠了Homer（荷马），中文的发展靠了《诗经》。"不学诗，无以言"，不学诗也不能作文。古人说话到了精彩的地方要引诗，以为证明。荀子、孟子均散文家，都引诗。就是《易》《尚书》，都有整齐的句法，就是把语言磨炼成为有节奏的形式。所以汉以后骈文发展，南朝时一般人认为"有韵者文也，无韵者笔也"。韵指广义的、音节流美匀整之谓。《文心雕龙·声律篇》说"异音相从谓之和，同声相应谓之韵"。韵文使同声异音相间为美。调协宫徵，口吻流利。行之既久，太格律板滞化了。古文起来，以气为主，但不废参差错落的节奏。犹之五七言的整齐句法变为词曲，更近于自然语调也。

华声者，使语言流美。古者诗与乐合，从四言变为五言，五言变为七言。一面是语言由简趋繁，

◆ 瀹，yuè，疏导。

◆ 徵，zhǐ。宫徵：古代五音中宫音与徵音的并称，泛指声调。

第九课 白居易、元稹、刘禹锡

一面是音乐的发展，从钟、鼓、琴、瑟到笙、竽、筝、笛、琵琶。七言又变为词曲。

实义是以文字被以音乐，文字有意义，因此诗歌有意义，以实声音。譬如词曲，如《菩萨蛮》是一曲调，今温、韦辈以文字施之，于是音乐之外，复有文字的意义，成为文学。古乐府中如《箜篌引》："公无渡河，公竟渡河，堕河而死，当奈公何！"其音宛似弹箜篌之音，而有意义。

苗言，例如《诗经·螽斯》："螽斯羽，诜诜兮。宜尔子孙，振振兮。/螽斯羽，薨薨兮。宜尔子孙，绳绳兮。/螽斯羽，揖揖兮，宜尔子孙，蛰蛰兮。"用诜诜、振振、薨薨、绳绳、揖揖、蛰蛰，换一两个字，写出事物不同状态，也开出了新的诗章。又如《诗经·桃夭》贺女子出嫁，写家人欢乐，三章中分别用"灼灼其华""有蕡其实""其叶蓁蓁"三个不同诗句描写桃花盛开、硕果累累、绿叶成荫的不同景象，显示了语言变化之美，也为诗分了章。很典型的还有《诗经·芣苢》："采采芣苢，薄言采之。采采芣苢，薄言有之。/采采芣苢，薄言掇之。采采芣苢，薄言捋之。/采采芣苢，薄言袺之。采采芣苢，薄言襭之。"诗用"采之、有之、掇之、捋之、袺之、襭之"六个动态的词，形象地显示出采摘劳动动作的变化。诗是语言的练习，也是读语言文字的课本。诗发展了语言，到语言发展到高度时，诗也格外的妙。所以教育小孩语言，宜乎使其唱歌。歌谣容易记忆，是学习语言的一种好办法。

◆温、韦：指温庭筠和韦庄。温庭筠创作十四首《菩萨蛮》，韦庄创作五首《菩萨蛮》。

◆螽，zhōng。螽斯：即蝈蝈。

◆诜，shēn。诜诜：同"莘莘"。很多的样子。

◆蕡，fén，草木果实繁盛貌。

◆芣，fú。苢，yǐ。芣苢：即车前子。

◆袺，jié，提起衣襟兜取东西。

◆襭，xié，将衣襟插于腰带上以盛物。

(三)《新乐府》之缘起

白居易作有《新乐府》五十首,然《新乐府》并非他首创。元稹《和李校书新题乐府》十二首,序云:

> 余友公垂贶余《乐府新题》二十首,雅有所谓,不虚为文。余取其病时之尤急者,列而和之,盖十二而已。

白居易《新乐府》序云:

> 凡九千二百五十二言,断为五十篇。篇无定句、句无定字;系于意,不系于文。首句标其目,卒章显其志,《诗》三百之义也。其辞质而径,欲见之者易谕也。其言直而切,欲闻之者深诫也;其事覈而实,使采之者传信也。其体顺而律,可以播于乐章歌曲也。总而言之,为君、为臣、为民、为物、为事而作,不为文而作也。

按:元微之十二首题,白氏五十首中皆有之。是李公垂最先作二十首,元稹和其十二,而白居易尽和之,又增三十篇,得五十之数也。今《新乐府》白氏独专擅其名,微之之作已不为人注意,至于公垂之作,则久已佚亡,至可惜也。

公垂名绅,润州无锡人,为人短小精悍,于诗最有名,时号"短李"。元和初擢进士第,补国子助教,故微之称之曰"李校书"也。白氏注云元和四年为左拾遗时作,则决与李作同时矣。而今白氏题下之注如:(一)《立部伎》则全同于李传。与元稹注异者,不标"李君作歌以讽焉"一句。

◆公垂:应为"李公垂"。指唐朝诗人李绅(772—846),他与元稹、白居易交游颇密,并共同倡导写作新乐府。

◆贶,kuàng,赠予,赐予。

◆径:直接。
◆谕:明白,领会。
◆覈,hé,真实。

◆决:副词。必然;一定。

（二）《华原磬》注亦"李传云，天宝中始废泗滨磬，用华原石代之"。"石"字是。元稹注作"名"者非也。下又云，"询诸磬人，则曰，故老云，泗滨磬下调之不能和，得华原石考之乃和，由是不改"云云。不知是否当时李传云云，抑居易所添也。（三）《胡旋女》下注云"天宝末康居国献之"。与李传云"天宝中西国来献"详略稍异。（四）《驯犀》下注与李传亦同。（五）《骠国乐》注云"贞元十七年来献之"，与李传云"辛巳岁"又同也。元微之题下保存传凡八，白同其五，唯《蛮子朝》《缚戎人》《阴山道》三首，略去其传。《蛮子朝》元稹咏韦皋通蛮国使人朝贡事，白作亦然。《缚戎人》则其中故事完全一致。《阴山道》所咏亦同是一事。虽无李传，知和李诗也。

又白诗有注者，如《上阳白发人》，则元诗无注。此李诗或有之，而元稹略而不书也。而白诗有注而为元之所不作者，又有三首：（一）《七德舞》；（二）《昆明春》；（三）《城盐州》。白诗虽无注而诗中有夹注明事实者又有二首，曰：（一）《新丰折臂翁》；（二）《红线毯》。以上共五首。疑亦本李原作，是元氏之所未和而白氏和之者也。因李公垂作诗有自注之习，此今观所存公垂诗集即知，而白氏所少见也。

（四）白居易诗的分类和创作

白居易把他的诗分为讽喻诗、闲适诗、感伤诗和杂律诗四大类。《与元九书》曰：

◆泗滨磬：用泗水之滨的石头做的磬。磬是古代重要礼器、乐器。《尚书·禹贡》中有关于"泗滨浮磬"的记载，历代以泗滨浮磬作为国家祭祀的礼乐器。

◆骠，piào。骠国：古代骠人在今缅甸伊洛瓦底江流域建立的国家。都城卑谬（Prome），故亦称"卑谬国"。《骠国乐》即记王太子舒难陀率乐队及舞蹈家到长安表演之事。

◆ "《讽喻诗》"：是对前文所说内容的一种简称。这里对"讽喻诗"二字使用书名号，是不符合现行《标点符号用法》规范的，应该使用双引号，以表达"讽喻诗"三字是具有特殊含义而需要特别指出的。但因作者在创作本文的时候，对标点符号的使用尚无规范可循，且为保留原貌，故不修改。后文的"《闲适诗》""《感伤诗》""《杂律诗》"也是同样情况。

◆ 保和：谓保持心志和顺，身体安适。

◆ 壅蔽：亦作"雍蔽""拥蔽"。隔绝；蒙蔽。

◆ 上阳：唐代宫殿名。唐高宗上元（674—676）中建于洛阳皇城西南禁苑内。唐玄宗时，宫人被谪常置此宫。故址在今河南洛阳市区西约2千米的洛水北岸。

自拾遗来，凡所遇、所感，关于美刺兴比者；又自武德迄元和，因事立题，题为新乐府者，共一百五十首，谓之《讽喻诗》；

又或退公独处，或移病闲居，知足保和，吟玩性情者一百首，谓之《闲适诗》；

又有事物牵于外，情理动于内，随感遇而形于叹咏者一百首，谓之《感伤诗》；

又有五言、七言、长句、绝句，自一百韵至两韵者四百余首，谓之《杂律诗》。

此四类诗中，为讽刺，关于社会政治的；为闲适，写他自己的涵养。一种为人，一种为己。

讽喻诗，政治社会之诗也。如《贺雨》诗，系初任左拾遗时作："君以明为圣，臣以直为忠。敢贺有其始，亦愿有其终。"以诗为谏。白居易在《寄唐生》一诗中明确表达了自己的意愿："非求宫律高，不务文字奇。惟歌生民病，愿得天子知。未得天子知，甘受时人嗤。"其《新乐府》皆讽喻诗。以《七德舞》为首，歌颂太宗，歌颂王业，"元和小臣白居易，观舞听歌知乐意"。此诗白氏自序：美拨乱，陈王业也；以《采诗官》为殿，白氏自序：监前王乱亡之由也。"君兮君兮愿听此，欲开壅蔽达人情，先向歌诗求讽刺。"作为五十篇之末篇，诗人归纳性地表达了借歌诗以达上听的期待。

《新乐府》中之《上阳白发人》，白诗注云："天宝五载以后，杨贵妃专宠，后宫人无复进幸矣。六宫有美色者，辄置别所，上阳是其一也。贞元中尚存焉。"诗描写宫女的苦。

第九课　白居易、元稹、刘禹锡

《胡旋女》，戒行乐也。

《新丰折臂翁》是著名篇章，白氏自序曰：戒边功也。"此臂折来六十年，一肢虽废一身全。至今风雨阴寒夜，直到天明痛不眠。痛不眠，终不悔，且喜老身今独在。不然当时泸水头，身死魂孤骨不收。应作云南望乡鬼，万人冢上哭呦呦。"诗末矛头直指"欲求恩幸立边功"的杨国忠。

《卖炭翁》[1]，白氏序曰：苦宫市也。诗很通俗易读而含义深刻。"可怜身上衣正单，心忧炭贱愿天寒。"感人至深。

《新乐府》外，还有《秦中吟》十首，亦讽喻诗代表作。白居易序曰："贞元、元和之际，予在长安，闻见之间，有足悲者，因直歌其事，命为《秦中吟》。"诗揭露了社会种种矛盾，矛头直指权贵，突出了贫富的对比。如《议婚》写"富家女易嫁，嫁早轻其夫。贫家女难嫁，嫁晚孝于姑"。又如《重赋》写百姓重赋后严冬"幼者形不蔽，老者体无温"，而官库中"缯帛如山积，丝絮似云屯"。诗人以百姓口吻发出愤怒的呼声："夺我身上暖，买尔眼前恩。进入琼林库，岁久化为尘。"《轻肥》写达官贵人"食饱心自若，酒酣气益振"，而"是岁江南旱，衢州人食人"。《歌舞》诗曰："贵有风雪兴，富无饥寒忧……日中为乐饮，夜半不能休。岂知阌乡狱，中有冻死囚。"《买花》写富贵人家争购牡丹，"家家习为俗，人

◆姑：丈夫的母亲，婆婆。

◆琼林库：唐德宗时的内库之一。

◆阌，wén。阌乡：唐时县名。今属河南灵宝市。

---

[1] 见课后延展阅读：《卖炭翁》。

人迷不悟"。而一农夫偶来此，见状，长叹曰："一丛深色花，十户中人赋。"

前引《寄唐生》诗句说白居易作《新乐府》意旨。唐生者，唐衢也。应试未取，见国事日非，常痛哭流涕，以哭著名。五十余岁而卒。白居易在《伤唐衢》二首中曰："忽闻唐衢死，不觉动颜色。""但伤民病痛，不识时忌讳。遂作《秦中吟》，一吟悲一事。贵人皆怪怒，闲人亦非訾……惟有唐衢见，知我平生志。一读兴叹嗟，再吟垂涕泗。"在"怪怒""非訾"声中，唐衢是可贵的知音。

《秦中吟》中几个词的解释：

贞元、元和，分别是唐德宗、唐宪宗年号。

两税：唐德宗建中元年始作两税法，征夏税秋粮。（《重赋》"国家定两税"。）

因循：《汉书》：霍光秉政承奢侈师旅之后，海内虚耗，因循守职。《辞源》注：守旧习而不改也。（《重赋》"贪吏得因循"，《不致仕》"晚岁多因循"。）

洞房：《楚辞》"姱容修态，絙洞房些"。深邃之室。（《伤宅》"洞房温且清"。）

南山：终南山。终南西至于陇首，以临于戎，东至于太华，以距于关，凡八百里。长安南其主山也。（《伤宅》"坐卧见南山"。）

云泥：《后汉书》"虽东云行泥栖宿不同"。苟济诗"云泥已殊路"。（《伤友》"对面隔云泥"。）

◆訾，zǐ。非訾：诽谤，诋毁。

◆姱，kuā。姱容：美好的容貌。

◆絙：通"亘"。贯通。

◆些，suò，句末语助词。只见于《楚辞》。

◆苟济：应为"荀济"。

第九课　白居易、元稹、刘禹锡

二疏：汉宣帝时太傅疏广及少傅疏受，叔侄也。在位五岁俱谢病免归。日与宾客娱乐，不为子孙治生产，尝曰：子孙贤而多财，则损其志；愚而多财则益其过。一时传为名言。(《不致仕》"贤哉汉二疏"。)

白居易讽喻诗触时忌，其后乃退而入道佛，晚年闲适、感伤诗多。

早年也不乏感伤诗的代表作。且看《自河南经乱，关内阻饥，兄弟离散，各在一处。因望月有感，聊书所怀，寄上浮梁大兄、于潜七兄、乌江十五兄，兼示符离及下邽弟妹》：

时难年荒世业空，弟兄羁旅各西东。
田园寥落干戈后，骨肉流离道路中。
吊影分为千里雁，辞根散作九秋蓬。
共看明月应垂泪，一夜乡心五处同。

"九秋"，《南都赋》"结九秋之增伤"；《七启》"九秋之夕，为欢未央"；曹植诗"转蓬离本根，飘飖随长风"。《说苑》"秋蓬恶于根本而美于枝叶，大风一起，根且拔矣"。

诗以"雁"和"蓬"比战乱流离之苦，而望月垂泪，"一夜乡心五处同"更把乡愁写到极致。

白居易笃于友于之爱，此诗为一例。又有《弄龟罗》诗，作于江州刺史时。龟儿是其侄，罗儿是其女，侄六岁，女三岁。即随长兄来到江州者。

长篇叙事诗《长恨歌》《琵琶行》更是感伤诗的杰作。声调好，结构好，最受人喜爱。

《长恨歌》是白居易元和初任周至县尉时所

◆浮梁：县名，因溪水常泛滥，居民伐木为梁而得名。今江西景德镇市浮梁县。

◆于潜：应为"於潜"。旧县名，今浙江杭州市临安区。

◆乌江：古地名，今属安徽马鞍山市和县。

◆符离：古邑名、县名，治今安徽宿州市东北。白居易父亲在此安家。

◆下邽：县名，治所在今陕西渭南市东北。白氏祖居于此。

◆世业：指世业田，亦称"永业田"。隋唐分给皇族、贵戚、勋臣和官吏的世禄田。自亲王以下按级给田百顷（每顷一百亩）至六十亩不等，子孙相传为世业。

◆九秋：指秋季。以秋季有九十天而称。

◆飖，yáo，飘动。

◆大风一起：应为"秋风一起"。

135

◆尤物：多指美貌且富有魅力的女子。
◆乱阶：祸端；祸根。

作，写唐明皇与杨贵妃的恋爱故事。据陈鸿《长恨歌传》载，陈鸿、王质夫与白居易相携游仙游寺，话及此事，相与感叹，质夫邀白居易试为歌之，"乐天因为《长恨歌》。意者不但感其事，亦欲惩尤物、窒乱阶，垂于将来也"。诗对"长恨"的感叹，对真情的同情以及强烈的社会反响，早就突破作者的意愿，以至于白居易也说"今仆之诗，人所爱者，悉不过杂律诗与《长恨歌》以下耳。时之所重，仆之所轻"。

◆倡女：以歌舞娱人的妇女。亦指卖身的娼妓。
◆出官：离开京城到外地做官。

《琵琶行》亦如此。元和十年，诗人贬官江州司马。第二年秋，送客至江边闻舟中有夜弹琵琶者，其音"铮铮然有京都声"。原来是长安倡女年长色衰，委身为商人妇，转徙于江湖间。诗人"出官二年，恬然自安，感斯人言，是夕始觉有迁谪意"。于是写成《琵琶行》。因为"同是天涯沦落人"，诗人把天涯沦落之凄苦之愤懑写得更加凄切动人。

七律《春题湖上》可以作为闲适诗的代表：

湖上春来似画图，乱峰围绕水平铺。
松排山面千重翠，月点波心一颗珠。
碧毯线头抽早稻，青罗裙带展新蒲。
未能抛得杭州去，一半勾留是此湖。

◆勾：本作"句"。勾留：稽留；挽留。

西湖美景在诗人笔下徐徐展开，连他自己也不舍得离开。"碧毯""青罗"一联，比也。倒装句法。"勾留"，被挽留。

诗人晚年创造新诗体，把三言、五言、七言混合起来，如他的《忆江南》之一：

> 江南好，风景旧曾谙。日出江花红胜火，春来江水绿如蓝。能不忆江南。

这种形式尔后发展为"长短句"，发展为"词"了。

白居易赠答诗多，而与元稹、刘禹锡往来诗最多。《和微之梦游春诗一百韵》一韵到底。白居易与韩愈少往来，集中有《久不见韩侍郎戏题四韵以寄之》："近来韩阁老，疏我我心知。户大嫌甜酒，才高笑小诗。静吟乘月夜，闲醉旷花时。还有愁同处，春风满鬓丝。"

白居易懂得诗有关于风化，诗是写给大家看的，尽可能写得平易近人。写作态度非常认真、严谨。宋代彭乘《墨客挥犀》曰：

> 白乐天每作诗，令一老妪听之，问曰"解否"，曰"解"，乃录之；不解，则又复易之。

（五）白居易诗歌的影响

白居易的诗当时就在社会上产生了广泛的影响。元微之《白氏长庆集》序云：

> 二十年间，禁省、观寺、邮堠、墙壁之上无不书；王公、妾妇、牛童、马走之口无不道；至于缮写模勒、衒卖于市井，或持之以交酒茗者，处处皆是。

> 予尝于平水市中，见村校诸童，竞习歌咏。召而问之，皆对曰：先生教我乐天、微之诗。

白居易在《与元九书》里也说：

> 自长安抵江西三四千里，凡乡校、佛寺、

◆ 挥犀：犹挥麈（zhǔ）。谓谈论。麈，一种鹿类动物，尾可做拂尘。魏晋人清谈时，每执麈尾挥动，以为谈助，后人因称谈论为挥麈。

◆ 禁省：即"禁中"，亦称"省中"。指皇宫。

◆ 堠，hòu，古代记里程的土堆。五里一堠，十里双堠。邮堠：亦作"邮候"。即驿站。

◆ 妾妇：泛指妇女。

◆ 马走：马夫；马卒。

◆ 模勒：仿照原样雕刻。

◆ 衒，xuàn，炫耀。衒卖：叫卖；出卖。

逆旅、行舟之中，往往有题仆诗者；士庶、僧徒、孀妇、处女之口，每每有咏仆诗者。

唐代张为作诗人《主客图》，以白氏为"广大教化主"。

妓有能诵白太傅《长恨歌》者，自增其价。

白居易诗还流传到国外。日本清野水次曾作《白乐天与日本文学》（载《大公报》文学副刊，民国二十年四月）。鸡林贾人以金易白诗一篇。

元　稹

元稹（779—831），字微之，河南河内人。少孤，得母教。九岁工属文，十五擢明经入等，补校书郎。元和初，应制策第一，除左拾遗。与白居易为校书郎及拾遗同时。历监察御史。上书条十事，为当路所忌，出为河南尉。因与中人仇士良争路，贬江陵士曹参军，徙通州司马。自虢州长史，征为膳部员外郎。善监军崔潭峻，长庆初，潭峻方亲幸，以稹歌词数十百篇奏御，帝大悦，问稹安在，曰为南宫散郎，即擢为祠部郎中，知制诰，变诏书体务纯厚明切。召入翰林，为中书舍人、承旨学士。裴度上书劾之，出为工部侍郎。未几，进同中书门下平章事，朝野杂然轻笑，未几，罢相（与裴度皆罢），出为同州刺史，改越州刺史，兼御史大夫、浙东观察使。太和初，入为尚书左丞、检校户部尚书兼鄂州刺史，武昌军节度使。年五十三，卒。赠尚书右仆射。

◆民国二十年：即1931年。

◆鸡林：古国名。即新罗，朝鲜半岛古国之一，唐龙朔三年（663），该国为鸡林州都督府。

◆"十五擢明经入等"：应为"十五擢明经，判入等"。

◆当路：指掌权的人。

◆明切：明白而深切。

◆太和：应为"大和"，是唐文宗年号（827—835）。为保留原貌，故不作更改。

第九课 白居易、元稹、刘禹锡

"稹始言事峭直，欲以立名。中见斥，废十年，信道不坚，乃丧所守，附宦贵，得宰相，居位才三月，罢。晚节弥沮丧，加廉节不饰云。"（见《新唐书本传》）

元稹与白居易两人友谊最笃，唱和甚多。往来酬和长诗，动辄数十韵，长安少年效之，号元和体。晚年当穆宗时，与白居易同定文集，皆名《长庆集》，而白氏《长恨歌》与元氏《连昌宫词》诸诗之体因名"长庆体"。

元稹年十六即作《代曲江老人百韵》。穆宗时，嫔御多诵稹歌，因号"元才子"，穆宗尤赏《连昌宫词》等篇。

元稹诗顶有名的是《连昌宫词》，与白居易《长恨歌》皆出于中唐，唐人传奇小说兴盛之时。《连昌宫词》亦《长恨歌》体，是长篇叙事诗。连昌宫系洛阳的一座宫，明皇、贵妃曾宴乐于此。明皇死，乃荒废。诗写老人的旧话言宫的兴废变迁。

　　飞上九天歌一声，二十五郎吹管笛。
　　逡巡大遍凉州彻，色色龟兹轰录续。
　　李谟压笛傍宫墙，偷得新翻数般曲。

念奴歌、二十五郎吹管笛是一事，李谟偷曲又是一事，两段故事不同源，随意为之捏合，此是作小说之艺术，非以诗记史也。否则，念奴所歌，二十五郎所吹，皆为通行曲调，固非宫中秘乐耳。

"明年十月东都破"，《全唐诗》注谓天宝十三年，非也，应是天宝十五载正月，不知为何误却。可见"念奴""李谟"两注亦俗人所加。

◆峭直：严峻刚直。

◆廉节：清廉，清白。

◆《新唐书本传》：指《新唐书·元稹传》。

◆二十五郎：指唐朝宗室邠王李承宁，排行二十五，善吹笛。

◆凉州：曲调名。

◆色色：犹言各种各样。

◆龟，qiū。龟兹：古西域城国名。此处指龟兹乐曲。

◆录续：同"陆续"。

◆李谟（生卒年不详）：山东任城（今山东济宁市）人，唐代乐工，善吹笛。

◆"李谟压笛傍宫墙"：另有"李谟擪笛傍宫墙"一说。

◆念奴：唐时长安名艺伎，善歌。

"尔后相传六皇帝"，当作五皇帝，或自玄宗算起，玄、肃、代、德、顺、宪。《全唐诗》注谓肃、代、德、顺、宪、穆者，误也。

　　今皇神圣丞相明，诏书才下吴蜀平。

　　官军又取淮西贼，此贼亦除天下宁。

"今皇"应指宪宗，"丞相"谓杜黄裳、裴度等。"吴蜀平"：蜀事指西川节度副使刘辟反，宪宗元和六年，从杜黄裳之言，使高崇文讨平之，生擒刘辟，斩于京师，由是藩镇惕息。元和二年，镇海节度使李锜反，发诸道兵讨之。锜为其部下所执，擒送京师斩之。于是有中兴气象。

　　平淮西谓平吴元济也。元和十年，吴元济反（元济，彰义节度使吴少阳之子，少阳卒，元济反于蔡州）。十二年十月，李愬夜袭蔡州，擒吴元济，槛送京师，十一月斩吴元济。《连昌宫词》述及取淮西贼，则在元和十二年、十三年时，乃宪宗时，非穆宗时。

　　元稹亦有《新乐府》十二篇，题同白氏。亦有《琵琶歌》。而《会真诗》《梦游春》开晚唐艳体。

刘禹锡

　　刘禹锡（772—842），字梦得，彭城（今江苏徐州）人。贞元九年擢进士第，登博学宏词科。在淮南节度使杜佑幕府任记室，后入朝为监察御史。贞元末，与柳宗元等结交王叔文。王叔文革新集团失败，刘禹锡贬为连州刺史，再贬为朗州（湖南常

◆惕息：恐惧的样子，谓战战兢兢。

◆锜，qí。

◆愬，sù。
◆槛送：以囚车押送。

◆记室：古代官名。按东汉官制，太尉属官有记室令史，太守、都尉属官有记室史。后世诸王、三公及大将军幕府也设置记室参军，元以后废除。旧时亦用作秘书的代称。

德）司马。十年后召还，因赋《元和十年自朗州召至京，戏赠看花诸君子》讥讽权贵，再贬任连州刺史，又改任夔州刺史、和州刺史、苏州刺史和同州刺史。官至检校礼部尚书、太子宾客。后世称其诗文集为《刘宾客集》。

刘禹锡会昌二年卒，年七十一。

刘禹锡诗与白居易齐名，世称"刘白"。刘禹锡被白居易称之谓"诗豪"。白居易编《刘白唱和集》并作《〈刘白唱和集〉解》，有言曰：

> 予顷以元微之唱和颇多，或在人口。常戏微之云："仆与足下，二十年来为文友诗敌，幸也，亦不幸也：吟咏情性，播扬名声，其适遗形，其乐忘老，幸也；然江南士女，语才子者，多云元白；以子之故，使仆不得独步于吴越间，亦不幸也。"今垂老复遇梦得，得非重不幸耶？梦得，梦得！文之神妙，莫先于诗；若妙与神，则吾岂敢？

《竹枝词》是刘禹锡学习民歌后的创造。他有《竹枝词九首》，又有《竹枝词二首》。在《竹枝词九首》的"序引"中说：

> 四方之歌，异音而同乐。岁正月，余来建平，里中儿联歌《竹枝》，吹短笛，击鼓以赴节。歌者扬袂睢舞，以曲多为贤。聆其音，中黄钟之羽。卒章激讦如吴声。虽伧儜不可分，而含思宛转，有淇澳之艳音。昔屈原居沅湘间，其民迎神，词多鄙俚，乃为作《九歌》，到于今荆楚歌舞之。故余亦作《竹枝》九篇，

◆ 睢，huī，自得的样子。

◆ 讦，jié。激讦：激烈昂扬。

◆ 伧儜：杂乱的样子。

◆飏，yáng，同"扬"。

◆歈，yú，歌。

俾善歌者飏之，附于末，后之聆巴歈，知变风之自焉。

可见，刘禹锡所到之处，蛮俗亦好巫，且好歌俚辞，他尝试依骚人之旨，尤效民间小调，倚其声作《竹枝词》，于是民间悉歌之。

描写恋情的，先看九首之一：

　　山桃红花满上头，蜀江春水拍山流。
　　花红易衰似郎意，水流无限似侬愁。

语言清新，比兴味很浓。《竹枝词》二首之一更为著名：

　　杨柳青青江水平，闻郎江上唱歌声。
　　东边日出西边雨，道是无晴却有晴。

◆"闻郎江上唱歌声"：另有"闻郎江上踏歌声"一说。

微妙情思借双关语表达，别有意味。

有歌唱民俗风情的：

　　江上朱楼新雨晴，瀼西春水縠纹生。
　　桥东桥西好杨柳，人来人去唱歌行。

◆瀼，ràng。瀼西：指重庆市奉节瀼水西岸地。亦指夔州。

◆縠，hú，绉（zhòu）纱一类的丝织品。縠纹：绉纱似的皱纹。常用以比喻水的波纹。

刘禹锡还有《杨柳枝词》九首、《浪淘沙》九首，和《竹枝词》一样，皆七言绝句。

《杨柳枝词》是乐府旧词的翻新，放在九首之首的词曰：

　　塞北梅花羌笛吹，淮南桂树小山词。
　　请君莫奏前朝曲，听唱新翻杨柳枝。

"梅花"指《梅花落》，"桂树"指《招隐士》，皆"前朝曲"，看一首诗人新翻的《杨柳枝词》：

　　城外春风吹酒旗，行人挥袂日西时。
　　长安陌上无穷树，唯有垂杨管别离。

第九课　白居易、元稹、刘禹锡

《浪淘沙》之一曰：
　　九曲黄河万里沙，浪淘风簸自天涯。
　　如今直上银河去，同到牵牛织女家。
清新、浪漫，有时代风、民歌味。

刘禹锡还有一首乐府体的《插田歌》：
　　冈头花草齐，燕子东西飞。
　　田塍望如线，白水光参差。
　　农妇白纻裙，农夫绿蓑衣。
　　齐唱郢中歌，嘤咛如竹枝。
　　但闻怨响音，不辨俚语词。
　　时时一大笑，此必相嘲嗤。
　　水平苗漠漠，烟火生墟落。
　　黄犬往复还，赤鸡鸣且啄。
　　路旁谁家郎，乌帽衫袖长。
　　自言上计吏，年幼离帝乡。
　　田夫语计吏："君家侬定谙。
　　一来长安道，眼大不相参。"
　　计吏笑致辞："长安真大处。
　　省门高轲峨，侬入无度数。
　　昨来补卫士，唯用筒竹布。
　　君看二三年，我作官人去。"

农夫与计吏对话道出官场的龌龊。诗人在此诗的"序"里说："连州城下，俯接村墟。偶登郡楼，适有所感。遂书其事为俚歌，以俟采诗者。"得"六义"之遗意焉。

刘禹锡《马嵬行》诗中有"贵人饮金屑，倏忽舜英暮"之句，谓杨服金屑而卒。

◆ 簸，bǒ，动摇，振荡。

◆ 塍，chéng，田畦，田间的界路。田塍：田埂。

◆ 纻，zhù，苎麻，也指苎麻织的布。白纻：白色苎麻做成的布。

◆ 嘤咛：形容声音清婉、娇细。

◆ 嘲嗤：调笑；讥笑。

◆ 谙：熟悉；知道。

◆ 省门：宫门；禁门。

◆ 轲峨：高耸的样子。

◆ 筒竹布：古代一种名贵的细布。

◆ 舜英：即木槿花，比喻美貌的妇人。舜英暮：木槿花凋落。此处指杨贵妃之死。

又，关盼盼《燕子楼》诗，一作刘梦得。

刘禹锡被誉为"诗豪"，其律诗、绝句尤被人称道。其吟咏历史的怀古之作有许多名篇，如七律《西塞山怀古》：

> 王濬楼船下益州，金陵王气黯然收。
> 千寻铁锁沉江底，一片降幡出石头。
> 人世几回伤往事，山形依旧枕寒流。
> 今逢四海为家日，故垒萧萧芦荻秋。

再如七绝《石头城》：

> 山围故国周遭在，潮打空城寂寞回。
> 淮水东边旧时月，夜深还过女墙来。

追怀六朝历史，或激烈，或寂寞，都引人深思。

刘禹锡七律还有对人生哲理思考的，如《酬乐天扬州初逢席上见赠》：

> 巴山楚水凄凉地，二十三年弃置身。
> 怀旧空吟闻笛赋，到乡翻似烂柯人。
> 沉舟侧畔千帆过，病树前头万木春。
> 今日听君歌一曲，暂凭杯酒长精神。

白居易在《〈刘白唱和集〉解》里曰："'沉舟侧畔千帆过，病树前头万木春'之句之类，真谓神妙！在在处处，应当有灵物护之。"

（选自《中国文学史稿》魏晋南北朝隋唐卷，浦江清著，浦汉明、彭书麟整理）

◆烂柯人：指离家很久刚回到故乡的人。亦指饱经世事变幻的人。典出南朝梁任昉的《述异记》，传说晋朝有个叫王质的人，一日上山砍柴，遇到几个童子在下棋，就放下斧头驻足观看，后童子提醒他该回家了，他才发现斧柄已经烂尽。他回到家时，同时代的人都已死了。后世以"烂柯"比喻岁月流逝，人事变迁。

◆在在：处处；到处。

延展阅读

赋得古原草送别
［唐］白居易

【原文】
离离原上草，一岁一枯荣。
野火烧不尽，春风吹又生。
远芳侵古道，晴翠接荒城。
又送王孙去，萋萋满别情。

【译文】
草原上的青草郁郁葱葱，每年都会茂盛一次枯萎一次。
野火没有办法烧尽它们，春风一吹又生出遍地野草。
古老的驿道上长满芳香的野草，明丽翠绿的颜色连接着荒芜的城池。
我又在这里送别友人，茂盛的芳草也满怀离别的忧情。

卖炭翁
［唐］白居易

【原文】
　　卖炭翁，伐薪烧炭南山中。满面尘灰烟火色，两鬓苍苍十指黑。卖炭得钱何所营？身上衣裳口中食。可怜身上衣正单，心忧炭贱愿天寒。夜来城外一尺雪，晓驾炭车辗冰辙。牛困人饥日已高，市南门外泥中歇。

翩翩两骑来是谁？黄衣使者白衫儿。手把文书口称敕，回车叱牛牵向北。一车炭，千余斤，宫使驱将惜不得。半匹红纱一丈绫，系向牛头充炭直。

【译文】
　　有位卖炭的老者，整年都在终南山砍柴烧成木炭。他满脸灰尘，被火熏的脸呈现深棕的烟色，两鬓都已花白，十根手指都很黑。卖炭得到的钱用来做什么呢？买身上要穿的衣服和填饱肚子的食物。他身上只穿着单薄的衣服，非常可怜，但心里害怕炭卖不出去，希望天气更冷一些。夜里城外下了一尺多厚的雪，天刚亮老者就驾着炭车轧过被冰冻的车印去卖炭。太阳已经升得很高，牛累了，人也饿了，他在集市南门外泥泞地休息。

　　那两个轻快地骑着马的人是谁？是皇宫中的太监和他的手下。太监手里拿着公文，说是皇帝的命令，吆喝牛车朝北面的皇宫走去。一车炭有一千多斤，太监、差役硬是要赶着走，卖炭老者非常舍不得。那些人把半匹红纱和一丈绫，朝牛头上一挂，就充当炭的价钱了。

转轴拨弦三两声

主讲人 浦江清

第十课
杜 牧

◆852：杜牧卒年应为"853年"。

　　杜牧（803—852），字牧之，京兆万年（今陕西西安）人。太和二年，擢进士第。在江西、淮南等地使幕做了十年幕僚，后擢监察御史，拜殿中侍御史、内供奉，累迁左补阙、史馆修撰，改膳部员外郎。历黄州、池州、睦州刺史，入为司勋员外郎，改吏部员外郎。官终中书舍人。

　　曾为司勋员外郎，故称"杜司勋"。其诗情致豪迈，人号为"小杜"，以别杜甫云。

◆奇节：奇特的节操。

　　杜牧是晚唐著名诗人。诗高古，亦很正宗。古文也写得好。为人刚直有奇节，敢论国家大事，深谙兵法和经世之道。《罪言》《战论》《守论》《原十六卫》等皆著名文章。还为《孙子》作注。以《罪言》论政事最有名。

◆骄蹇：亦作"骄謇"。傲慢，不顺从。

◆亡：同"无"。

　　穆宗长庆年间，河北三镇叛变，朝廷无能以对，又失河朔。杜牧把治理藩镇的对策写成《罪言》一文。《新唐书·杜牧传》曰："刘从谏守泽潞，何进滔据魏博，颇骄蹇不循法度，牧追咎长庆以来朝廷措置亡术，复失山东，钜封剧镇，所以系天下轻重，不得承袭轻授，皆国家大事。嫌不当位而言，实有罪，故作《罪言》。"他提出上策莫如

148

自治，改善政治；中策莫如取魏，以控制燕赵；最下策是浪战，"不计地势，不审攻守"。

◆浪战：轻率作战。

杜牧有著名长篇五古《张好好诗》和《杜秋娘诗》。

歌女张好好在宣州时嫁与杜牧友人沈述师为妾，与杜亦熟识，后被沈遗弃，流落东都洛阳，当垆卖酒。诗人感慨张好好遭遇，"感旧伤怀，故题诗赠之"。

◆垆：放酒瓮的土墩子。当垆：古时卖酒的人守在安放酒瓮的土垆边，指卖酒。

杜牧《杜秋娘诗》序曰："杜秋，金陵女也。年十五，为李锜妾，后锜叛灭，籍之入宫，有宠于景陵。穆宗即位，命秋为皇子傅姆，皇子壮，封漳王。郑注用事，诬丞相欲去异己者，指王为根。王被罪废削，秋因赐归故乡。予过金陵，感其穷且老，为之赋诗。"

◆景陵：唐宪宗的陵寝名，此处代指宪宗。
◆傅姆：也作"傅母"。古时负责辅导、保育贵族子女的老年妇人。

诗写杜秋娘一生悲惨遭遇：年轻时被藩镇李锜占为妾；强征入宫，又成了宪宗的宠姬；"事往落花时"只好做了穆宗之子的保姆；王子犯事，她被赶回故乡。此诗很长，在叙事基础上有抒情、有议论，哲理诗也。写杜秋娘时贵时贱，而终归是统治者的玩物，无法掌握自己的命运。诗人想到自己的境遇，不禁感慨、思索："地尽有何物，天外复何之？指何为而捉？足何为而驰？耳何为而听？目何为而窥？己身不自晓，此外何思惟。因倾一樽酒，题作《杜秋诗》。愁来独长咏，聊可以自怡。"

李义山在《赠司勋杜十三员外》一诗中用赞许的诗句云："杜牧司勋字牧之，清秋一首《杜秋诗》。"

杜牧有《献诗启》一文，说明他的诗歌主张："某苦心为诗，本求高绝，不务奇丽，不涉习俗，不今不古，处于中间。"

杜牧各体诗均有佳作。擅长律绝，七绝❶更有神韵。牧之善为吊古之什，历来受人称道：

折戟沉沙铁未销，自将磨洗认前朝。
东风不与周郎便，铜雀春深锁二乔。
——《赤壁》

烟笼寒水月笼沙，夜泊秦淮近酒家。
商女不知亡国恨，隔江犹唱《后庭花》。
——《泊秦淮》

长安回望绣成堆，山顶千门次第开。
一骑红尘妃子笑，无人知是荔枝来。
——《过华清宫绝句三首》（之一）

◆华清宫：唐宫殿名。位于今陕西省西安市临潼区骊山北麓，其地有温泉。唐贞观十八年（644）建汤泉宫，咸亨二年（671）改名温泉宫。天宝六载（747）再行扩建，改名华清宫。安史之乱毁于兵火。中华人民共和国成立后重建。

怀古思念，意味深邃。

杜牧写景七绝也有脍炙人口佳作：

远上寒山石径斜，白云生处有人家。
停车坐爱枫林晚，霜叶红于二月花。
——《山行》

千里莺啼绿映红，水村山郭酒旗风。
南朝四百八十寺，多少楼台烟雨中。
——《江南春》

枫林晚景、江南春色写得色彩绚丽而蕴含丰富。

杜牧为诗睥睨元、白。他为李戡作墓志，借李戡之言曰："尝痛自元和以来，有元白诗者，纤艳

◆睥，pì。睨，nì。睥睨：斜视，表示厌恶或傲慢。

◆戡，kān。

◆纤艳：指艺术风格的细巧艳丽。

---

❶ 见课后延展阅读：《清明》《秋夕》。

不逞，非庄士雅人，多为其所破坏。流于民间，疏于屏壁，子父女母，交口教授，淫言媟语，冬寒夏热，入人肌骨，不可除去。"

杜牧有《樊川文集》二十卷。

（选自《中国文学史稿》魏晋南北朝隋唐卷，浦江清著，浦汉明、彭书麟整理）

◆媟，xiè，态度不恭敬。媟语：轻薄或淫秽的言辞。

延展阅读

清 明

[唐] 杜牧

【原文】

清明时节雨纷纷，路上行人欲断魂。
借问酒家何处有？牧童遥指杏花村。

【译文】

清明的时候阴雨连绵，飘飘洒洒下个不停，路上的行人个个情绪低落，闷闷不乐。

询问当地的人什么地方可以买到酒，放牧的孩童指了指远处的杏花村。

秋 夕
［唐］杜牧

【原文】

银烛秋光冷画屏,轻罗小扇扑流萤。
天阶夜色凉如水,坐看牵牛织女星。

【译文】

银色的烛光,秋天的月光,使装饰有图案的屏风倍感清冷,拿着轻巧的丝质扇子轻轻地拍打飞舞的萤火虫。

夜晚的天宫宫殿台阶冰凉如水,仰望星空,看到牛郎织女短暂的相会。

第十一课
晚唐五代文学及其文艺论
（节选）

主讲人 罗 庸

晚唐的诗人与词人

（一）杜牧与李商隐

晚唐诗为历史三种潮流之结果：① 盛唐完成之律诗，至晚唐花样业已变尽，无法翻新。而遵循旧套，故晚唐诗人律体极多，运用旧套词彩，摇笔即来，极少古诗，形成滥调，感人不深，律诗之五六一联皆千篇一律。② 词彩极美，此受词之影响者也。晚唐词在文人手中虽较少，而教坊中却极普遍。③ 元白之后，人多喜以俗语入诗，较近自然，而晚唐尤盛，故诗中多用白话土语，成为晚唐诗特色之一。后世戏台之压场词常用晚唐诗，盖取其通俗耳，然为趣味高雅者所不取。诗中大病，厥在缺乏感兴，此风至晚唐而益盛，故可观之作品甚少。能跳出此潮流者，当时便称大家。杜牧、李商隐、温庭筠即鹤立鸡群者也，然亦各有所本。

杜牧为纯白派，而加以张籍；李商隐为杜派，而加以韩愈。牧之与香山不同处在笔力刚健，绝律迥与香山不同，七古如《杜秋娘》《张好好》纯为元白笔调，加上张籍，别成一格。绝律有清刚蕴藉

◆香山：指白居易。

◆绝律：这里指绝句和律诗。

之致,白诗有老年人风流自赏之慨,而小杜之诗则具壮年人之情味。晚唐人诗意态之好,牧之应推独步。义山七律全学工部,晚年之作,变化极多(全唐诗人律诗变化最多者应推工部与义山二人),古诗则师退之,退之每以作文之法为古诗,喜发议论,义山《韩碑》之作即是昌黎面目。综其成就,以律为最工,故应属于杜派。樊川于晚唐无兴会中独具兴会,义山于圆熟之中而避熟就生,故均能卓然自立焉。

(二)温庭筠与韦庄

下举四人,身份与环境各有不同,故成就与作风亦殊异。樊川居微官无多委曲,故诗较清畅;义山居令狐绹门下,不得畅所欲言,乃不能不隐讳其词,作《无题》诗以喻意;飞卿为社会之流浪人,无身世之感慨与特殊之身价,故不得与李诗并论;韦庄则为亡国王孙,心多感喟,相蜀恒郁郁以没世,此与飞卿处境又自不同,故读其词不得以读温作之眼光剖析之。故就身份与作品关系言,杜温为一派,李韦又是一派;然杜李均以诗名,温韦则词名过于诗,此又不同。温诗[1]出于施肩吾,盖师乎元白而加以流利轻巧,无樊川之清刚与蕴藉,轻巧玲珑而已,其词则独步晚唐矣。初,文人与教坊不甚沟通,不肯降低身份为教坊填词,而飞卿肯贸然为之,遂得意外成功,一如鲍明远之采用民间乐歌

---

[1] 见课后延展阅读:《商山早行》。

◆义山:指李商隐(813—858),唐诗人。字义山,怀州河内(今河南沁阳)人。有《李义山诗集》。文集已散佚,后人辑有《樊南文集》《樊南文集补编》。

◆樊川:杜牧雅号。杜牧有别墅在樊川,故名。

◆绹,táo。令狐绹(802—879):字子直,京兆华原(今陕西铜川市耀州区)人。唐文宗大和(827—835)年间进士。

◆飞卿:指温庭筠(约801—866),唐诗人、词人。原名岐,字飞卿,太原(今山西太原西南)人。其词大都收入《花间集》。

◆韦:指韦庄(约836—910),唐末至五代前蜀诗人、词人。字端己,长安杜陵(今陕西西安东南)人。著有《浣花集》。

◆施肩吾:唐道士。字希圣,号东斋,睦州分水(治今浙江桐庐西北)人。有诗《西山集》十卷。

◆鲍明远:指鲍照。

而卓然成家。从此，晚唐五代词乃投入文人怀抱。韦庄早年抱负极大，不肯降低身份，故早年所作诗词极为少见，其所作《秦妇吟》名噪一时，晚年悔之，不愿流传，禁写幛子，故遭遗佚，迨敦煌写本出现，又复流播人间。此作风格出自元白，然不复铺陈词彩，字字写实，上追老杜之"三吏""三别"。盖寓蜀以后，王建自立，强藩跋扈，文人不敢声张，故隐讳其词以寓故国之思，而诗词风格遂与众迥异。综观四人中，以格调言之，韦最高，杜次之，义山又次之，飞卿最下，风云月露而已。

（三）其他诗人

皮日休与陆龟蒙为晚唐特殊人物。晚唐人诗文重形式，甚至连生活亦重形式，皮、陆二人其尤者也。元、白二人曾无意开倡和之路，皮、陆有意学之，而根本未能学像。盖元白之心重在生民社会，而皮陆则相约为江湖隐者，倡和之作不仿新乐府，但仿元白成套之小题诗作，故使人读其诗有无可如何之感，成不上不下之局面，二家终身致力于此，收获极少，至为可惜。其他可称者有司空图、杜荀鹤、罗隐、徐夤四家，可以琐碎二字概括其作风，无大题目与大感慨。司空图以《诗品》一作为最大成就。杜荀鹤当时影响甚大，作品数量亦多，然皆千篇一律，格式不出五六种，无甚可称。罗隐为江东三罗（虬、邺）之一，笔力甚弱。徐夤诗风格与荀鹤相近，以年高人从之学诗而有名。

研究晚唐诗人可走二新路：① 以五代词之内

◆幛子：用整幅的绸布做成，上面题字或缀字，作为庆吊的礼物。

◆寓蜀：寄住蜀地。

◆王建（847—918）：五代时前蜀国建立者。907—918年在位。字光图，许州舞阳（今属河南）人。唐末从军，为禁军将领，护僖宗入蜀。大顺二年（891）攻取成都。后又攻取东川，据今四川、重庆全境。天复三年（903）封蜀王。唐亡，在成都称帝，国号"蜀"，史称"前蜀"。

◆寓：寄托。

◆倡和：即唱和。一唱一和，互相呼应。

◆夤，yín。

容与晚唐诗比较；② 晚唐多白话诗，遂为民间艺术所采用，可于北宋及金元话本中求其生命流传之所及。

五代词人

通常称五代词，概念极为笼统，实际言之，应以地理分之。自中唐而后，中央势衰，藩镇崛起，中央文化因而四溢，往往散裂于诸藩之幕府中，文学风格亦随环境而呈不同之面目。五代词以地区言可分为四区，即二蜀、南唐、晋与荆南是也。

（一）二蜀荆南与《花间集》

自隋以来，南北文化即有不同之色彩面目。经唐三百年之陶冶，长江下游以金陵为中心之文艺，仍未因统一而生显著之变化。唐代长安有变乱时，有二路可走，其一西走剑门以入蜀，其二南走荆州，绝不肯东下以至金陵，盖文化不同之故。及黄巢、朱温之乱，乃将整个文化中心打破，因而分存于各地。其一为二蜀，以成都为中心继续发展，其地去长安较近，故直承晚唐文化正统；其次为荆南，其地土风诗势力极大，避难者至此，与地方色彩相结合，形成长江上游之文学风格。至于以金陵为中心之文学面貌，自又与长江上游者异。北宋统一以后，文化承继乃取自金陵，如南唐澄心堂纸之移入开封，即是一例。

以词人之数量言，二蜀作家最多，前蜀八人，

◆澄心堂纸：南唐烈祖李昪（888—943）所居室名为"澄心堂"。南唐后主李煜造的纸，以"澄心堂"得名，即名"澄心堂纸"，也称"澄心纸"，是宫廷御纸。以肤如卵膜，坚洁如玉，细薄光润著称。

第十一课　晚唐五代文学及其文艺论（节选）

后蜀五人。前蜀计有韦庄（端己）、薛昭蕴、牛峤（松卿）、毛文锡、李珣（德润）、牛希济、尹鹗、魏承班。韦词存五十三首，内容可分三类：一为应酬之作，如《喜莺迁》之贺及第是；次为近于飞卿之教坊词；三为以诗之寓意寄托入词，用抒个人怀抱，此为特色，文人之大量填词虽始于飞卿，而境界增高则自韦发端，然韦仍属花间派之词人。薛词存十余阕，此时人填词，内容与词调相合，当为晚唐之一般格式。松卿存词二十七首，格近飞卿，而质较低。希济近薛，初官于蜀，后入仕南唐，并具两地风格。毛词较二牛教坊气少。李先世为波斯人，故当时称波斯胡，存词五十余首，近荆南风格，多写土风。魏、尹二家无甚可称。《花间集》选词以前蜀作家最多，乃代表以成都为中心之文学风格。后蜀词人计有：顾敻、鹿虔扆、欧阳炯、阎选、毛熙震。顾在后蜀为特殊作家，每思推陈出新，改良词体，自小巧处入，故二蜀词人以巧思见称者，当推顾为第一。鹿词存者不多。欧阳为蜀人，存词四十八首，内容甚杂。毛亦尝官于南唐，喜填大曲之摘遍。阎存词六首，无特点可言。

荆南词人足称者唯孙光宪（孟文）一人，晋则仅和凝（成绩）而已。孙为蜀人，官于荆南，北宋初犹在，其词风近刘梦得之诗，盖采土风"竹枝"以入词调，变教坊词为荆南之土风，开词之新境界。和凝，山东人，为五代元老，当仕时人号"曲子相公"，足见其好词之癖，今存词二十四首，专为教坊而作，词格极低，故可传者有限。

◆ 花间派：晚唐五代的一个词派。五代十国时，后蜀宫廷文人赵崇祚共选录晚唐、五代时18位词人的以娱乐为主的500首词汇编成一书，取名《花间集》。花间派因此书而得名。花间派的作品主题大都是男女艳情、离愁别恨，有两种风格：一是温庭筠的浓艳华美，一是韦庄的疏淡明秀。

◆ 扆，yǐ。鹿虔扆：五代前蜀词人。姓或作禄。其《临江仙》词写亡国之恨，是《花间集》中别开生面之作。

◆ 欧阳炯（约896—971）：五代后蜀词人。益州华阳（今四川成都）人。其词多写艳情，也有写南方风物之作。曾为《花间集》作序，表述了花间派词人对于词的一般看法。

◆ 大曲：中国古代大型乐舞套曲。

（二）冯延巳与南唐二主

冯延巳（音嗣），字正中，广陵人，为南唐太子（中主璟）太傅。南唐迄北宋初之小令，自冯开山。南唐词风不同于花间者，在完全脱离教坊成为文人抒情之工具，使词之重心全变；加之南唐文风极盛，使作者心情不致低落，故能超出晚唐风格。词至正中，遂由写事转到写情，由对外转到向内之局势，晚唐及二蜀词之渣滓，及此尽去，故正中之出，为词划一新的时代：由情浅而转深，内容由浊转清，由力弱转为强健。故云：自二蜀而上，唐也；南唐而下，宋也。正中实为唐宋词分野转捩之人。

南唐二主中，中主天才逊于后主，然工力极深。中主璟，字伯玉，年龄小正中十余岁，君臣相见，好谈文学，故人疑南唐词之风格主要受正中之影响。中主词向情深处发展，境界较为凄婉。有中主、正中之倡导培养，然后乃有后主在词方面之成就，此境遇与天才配合之所致也。后主字重光，其词之发展变迁凡三期，今流传极盛者为晚期作品❶，特分期论之如次：第一期为自学词迄与大小周后婚爱阶段，现阶段，此后主生活最优裕时期，本期词风，近于二蜀；第二期为宋太祖即位，开始压迫南唐，改帝为主，上表称臣阶段，其八弟重善朝宋被拘留，国势日蹙，后主悲哀自此始，词风深化，然犹未极其深广，造乎绝境；第三期自为因于

◆ 中主：指李璟（916—961），五代时南唐国主。本名景通，改名瑶，后名璟，字伯玉，徐州（今属江苏）人。南唐烈祖长子，二十八岁继位为南唐皇帝。在位十九年，庙号元宗，世称中主。其词今仅存四首，蕴藉含蓄，深沉动人，意境较高。

◆ 后主：指李煜（937—978），五代时南唐国主。字重光，初名从嘉，号锺隐，世称李后主。在位十四年。宋兵破金陵，出降，后被宋太宗毒死。能诗文、音乐、书画。尤以词著名。前期作品多描写宫中享乐生活，风格清丽。后期则抒写对昔日生活的怀念，吟叹身世，表现了浓厚的感伤情绪。其词形象鲜明，语言生动，在题材与意境上也突破了晚唐五代词以写艳情为主的窠臼。

◆ 大小周后：指南唐后主李煜的两任皇后。两人为姐妹，都是南唐司徒周宗之女。

---

❶ 见课后延展阅读：《乌夜啼·林花谢了春红》。

宋，至服药酒中毒死止，年四十二岁，今所传诵诸词，即此最后三四年中之作，风格最为成熟，乃完成正中、中主培养之词风，内容则推一己之悲哀及于大我人类，推一代之同情及于千古同情，又因笃信佛教之故，心胸自然开阔，加以亡国之悲运，遂成其造诣绝伦之独特风格。唯其人之风貌与词境不合。

（选自《罗庸西南联大授课录》，罗庸讲述、郑临川记录、徐希平整理）

延展阅读

商山早行

[唐] 温庭筠

【原文】

晨起动征铎，客行悲故乡。
鸡声茅店月，人迹板桥霜。
槲叶落山路，枳（zhǐ）花明驿墙。
因思杜陵梦，凫（fú）雁满回塘。

【译文】

黎明起床，车马的铃铎已叮当作响，出门人踏上旅途，还一心想念着故乡。

  鸡鸣声嘹亮，茅草店沐浴着晓月的柔光，足迹凌乱，木板桥覆盖着早春的寒霜。

  枯败的槲叶，落满了荒山的野路，淡白的枳花，开放在驿站的泥墙。

  因而想起昨夜梦见杜陵的美好情景，一群群凫雁，正嬉戏在明净的池塘。

乌夜啼·林花谢了春红

[南唐] 李煜

【原文】

  林花谢了春红，太匆匆。无奈朝来寒雨晚来风。　　胭脂泪，留人醉，几时重。自是人生长恨水长东。

【译文】

  树林里春天的花朵已经凋谢，时间过得太匆忙了。它们怎么能经得住白天的寒雨、夜里的大风摧残呢？落红满地，像美人脸上和着胭脂流淌的眼泪。花怜人，人惜花，如痴如醉，什么时候才能重逢呢？人生在世，令人心生愁怨的事情很多，就像东逝的流水，永远不能穷尽。

鸡声茅店月，人迹板桥霜

主讲人
浦江清

第十二课
苏轼的诗

谈到诗，一般人都推崇唐代，推崇李杜。我们说，唐代之后，李杜之后，也还有诗，有诗人。宋代的诗歌是有它的成就的。北宋的大诗人是苏轼，南宋的大诗人是陆游。

宋初，欧阳修、梅尧臣和王禹偁的诗，已开宋诗的新面貌。诗里有议论，有散文化的倾向，语言比较朴素。他们可以说是宋诗的先驱者。他们的诗和唐诗不同，但在风格上还接近唐代，由韩愈、白居易变来。真正能代表宋诗面貌的是苏轼。苏轼在诗歌方面超过了欧阳修，为北宋的代表性诗人，有特殊的成就。

苏轼的诗，数量多，超过了李白、杜甫，内容丰富，风格多变化，其题材丰富、广阔。有反映社会生活的诗，有描写山水、人物、动植物的诗，有朋友赠答、记述生活琐碎的诗。兼长古诗与律诗，也兼长描写、抒情、说理三方面的技巧。

反映人民生活和社会矛盾的诗，如作于湖州任上的《吴中田妇叹》。湖州本来物产丰富，但人民深受残酷的剥削，生活是很痛苦的。此年多雨，年收不好，"眼枯泪尽雨不尽，忍见黄穗卧青泥"。

第十二课　苏轼的诗

后来天晴了，能够有些收获，载米入城，而米贱，"汗流肩赪载入市，价贱乞与如糠粞"，不能不"卖牛纳税拆屋炊"，而"官今要钱不要米"。当时西北有战争，"西北万里招羌儿"，而朝廷上多酷吏，"龚黄满朝人更苦"。结句是"不如却作河伯妇"，田妇走投无路，只有投河自尽了。这首诗曲折地写出太湖流域农业生产力最高的地区农民的痛苦生活，和梅尧臣等的诗的作风相同。《戏子由》一诗，很深刻地述说做官之人和人民对立的苦衷，诉说他做官鞭棰小民的自疚。《山村五绝》讽刺盐法与朝廷新法在执行中的为民之害。原有五首，其中三首讽刺时政。第一首说盐法太严，使民铤而走险，结伙伴，贩私盐，持刀械，与官为敌；第二首说官盐太贵，使民吃不起盐；第三首说放青苗钱农民不得实惠，而农民常因事进城，小孩们也常住城中，荒了农事。苏辙为苏轼写的《墓志铭》中说："见事有不便于民者，不敢言……托事以讽，庶几有补于国。"这类便是"托事以讽"的例证，都有现实意义的。这与白居易的讽喻诗同一作用，但苏轼这类诗歌并不多。

《于潜女》[1]是一首人物描写的诗，写农村妇女之美，非常生动可爱。

苏轼在黄州东坡，曾躬耕其中，垦辟之劳，筋力殆尽。曾作《东坡八首》，又种蜀中元修菜种子于东坡，作《元修菜》诗。在儋耳时有《籴米》

◆赪，chēng，红色。
◆粞，xī，碎米。糠粞：谷皮碎米。指粗劣的粮食。

◆龚黄：指汉代官吏龚遂和黄霸，二人守法循礼，被后世推崇。后世用"龚黄"代指循吏、良吏。

◆棰，chuí。鞭棰：征服，控制。

◆元修菜：即巢菜，亦称"野蚕豆"。东坡友人巢元修从四川带来的种子，故称"元修菜"或"巢菜"。现多称"蕨菜"。

◆儋，dān。儋耳：郡名。西汉元封元年（前110）置。治儋耳（隋改治义伦，今海南儋州市西北）。辖境相当于今海南省西部地区。

◆籴，dí，买进粮食。籴米：买米。

---

[1] 见课后延展阅读：《于潜女》。

◆廛，chán，古指一家人所居的房屋。

◆金山寺：位于今江苏镇江市润州区金山上。

◆白水山：山名，在今广东广州市增城区东，山巅有瀑布如练，故名。

◆百步洪：即徐州洪，位于今江苏徐州市东南废黄河上。形如川字，分三道，中名中洪，西名外洪，东名月洪，乱石激涛，凡百余步，故名。洪是方言，石阻河流曰洪。

◆径山：山名，位于浙江杭州市余杭区。

◆《望湖楼醉书五绝》：指《六月二十七日望湖楼醉书五绝》。

诗，"不缘耕樵得，饱食殊少味。再拜诸邦君，愿受一廛地。知非笑昨梦，食力免内愧"。

以上诗均可表现他热爱人民、重视和关怀劳动人民、自己亦爱好劳动的思想感情。

其次，是他的山水诗。苏轼喜欢自然，他热爱祖国各个地方的山川、人物、风俗，随遇而安。描写山川风景，尤为其特长。有许多自然奔放的山水记游诗，如《游金山寺》《游白水山》《百步洪二首》《游径山》《出峡》《巫山》等。苏轼山水诗的特色，是在诗中写人物、发议论，是写山水的动态（王维的山水诗写山水的静境）。他每到一个地方，就爱上这个地方，他爱自己的故乡四川，也爱他到过的杭州、颍州、黄州、惠州、琼州的儋耳。《游金山寺》写长江边的落日与黄昏景物。《望湖楼醉书五绝》❶写西湖边的风景、物产、"游女"、"吴儿"，极其美好，令人神往。他贬官到儋耳。那里的生活很苦，他还以得见海岛风光为幸。他在赦回渡海时还写诗道："九死南荒吾不恨，兹游奇绝冠平生。"（《六月二十日夜渡海》）可以看出他的达观的人生观，亦可见出他对自然山川的喜爱。苏轼并非单爱自然景物，且爱乡土人物。在儋耳时亦与黎族百姓来往。有《被酒独行，遍至子云、威、徽、先觉四黎之舍三首》。此外，夜中闻邻家子弟读书声，引起他极大的兴趣，特地去看视，极为欣喜，作诗记之（《迁居之夕闻邻舍儿诵书欣然而作》）。

---

❶ 见课后延展阅读：《六月二十七日望湖楼醉书五绝（其一）》。

第十二课　苏轼的诗

苏轼对于草木禽兽也是喜好的，还有许多有关饮食的诗（如饮茶诗、豆粥诗等）。足见他对生活强烈的爱。不是消极厌世，而是乐观爱物的。

苏轼笃于友情，尤其对于子由，兄弟之爱最深，他有"我年二十无朋俦，当时四海一子由"之句。和子由在一起时，常常作诗，表示他们的归楫之愿。但因宦游，他们之间是会少离多，以不得早偿归田之约为憾。每见面必流连数日，别后则随时书诗酬答，永无间断。苏轼于与子由诗中最亲切倾诉他的衷怀。此外，苏轼笃于交游，对长辈如欧阳公、张方平始终敬仰。其友好有孙觉、王巩、文同、王晋卿、赵德麟、李常、黄庭坚、秦观等，常酬答作诗，诙谐说理，如谈吐然。

苏轼爱好艺术，他自己工书画，有许多题画诗，如《书王定国所藏〈烟江叠嶂图〉》，是一篇自然奔放的七古名作（此画为苏轼友人王晋卿所作）。又如为名僧惠崇的春江晚景图的题诗《惠崇〈春江晚景〉二首》之一，"竹外桃花三两枝，春江水暖鸭先知。蒌蒿满地芦芽短，正是河豚欲上时"亦是名篇。韩干善画马，文同善画竹，他也有题诗。他精通艺术理论，有许多吟咏吴道子画的诗，对王维、吴道子的画有精辟的评赞。

历来对苏诗评家众多。如沈德潜云："苏子瞻胸有洪炉，金银铅锡，皆归熔铸；其笔之超旷，等于天马脱羁，飞仙游戏，穷极变幻，而适如意中所欲出，韩文公后，又开辟一境界也。"（《说诗晬语》卷下）

◆俦，chóu，同辈。朋俦：朋友，同伴。

◆楫：船桨，也代指船。归楫：指归舟。

◆欧阳公：指欧阳修。苏轼是欧阳修的门生，一生追慕欧阳修，且两家结秦晋之好。

◆王晋卿：即王诜（shēn）（1048—1104），字晋卿，太原（今属山西）人。北宋画家。

◆王定国：即王巩（1048—约1117），字定国，大名莘县（今属山东）人，自号消虚。宋文学家、书画家。

◆哀梨：指哀家梨。传说汉代秣陵（今属江苏南京市）人哀仲种的梨又大又美味，人称"哀家梨"或"哀梨"。

◆并剪：即并州剪，古代并州（今属山西）所产剪刀，以锋利著称。

◆瓯，ōu。

◆系风捕影：言事之虚妄，如风不可系，影不可捕。

赵翼云："大概才思横溢，触处生春，胸中书卷繁富，又足以供其左旋右抽，无不如志。其尤不可及者，天生健笔一枝，爽如哀梨，快如并剪，有必达之隐，无难显之情：此所以继李、杜后为一大家也。"（《瓯北诗话》卷五）

结合两家的评论，我们来分析一下苏诗的特点：

一、题材丰富。苏轼博学多能，他是他的时代文学修养极高的文人。于经史子集、释道经典，无所不窥，加以到处宦游，生活经验丰富，所以他的诗也包罗万象，内容丰富。山川名胜、草木鸟兽，都有题咏，为李杜以后的一大家。沈德潜所谓"金银铅锡，皆归熔铸"是也。题材和博物知识只是原料，"熔铸"是艺术的处理。他以诗人的观点、诗人的感受了解和表现世界与人生。

二、能达。苏轼以为文学要"达"。他说："孔子曰：'言之不文，行而不远。'又曰：'辞，达而已矣。'夫言止于达意，即疑若不文，是大不然。求物之妙，如系风捕影；能使是物了然于心者，盖千万人而不能一遇也，而况能使了然于口与手者乎！是之谓辞达。辞至于能达，则文不可胜用矣。"（《答谢民师书》）苏轼诗歌纵横曲折，无不能达。正如赵翼谓："天生健笔一枝，爽如哀梨，快如并剪，有必达之隐，无难显之情。"就是说他的诗能够爽快达意，达他人所不能达者。苏轼云："某平生无快意事，唯作文章。意之所到则笔力曲折，无不尽意，自谓世间乐事，无逾此者。"

第十二课　苏轼的诗

（何蘧《春渚记闻》所引）东坡虽然在说他的文，也可以论到他的诗。他的诗也是笔力曲折，无不尽意，大概以散文的风格写诗。用散文的作法写诗，是宋诗的一个特点。这个特点远从韩愈开始，配合古文运动的发展延续下来。所以宋诗多议论、多说理。苏诗以说理、议论畅达见长。不过诗到底和散文不同，散文纯用论辩逻辑达意，而诗之达在"求物之妙，如系风捕影"。并不只是形似，而是要表达出其精神实质，所以他吟咏山水、人物，都能表现出神韵与动态。他以为最善者能体贴物情、畅达物情，如"竹外桃花三两枝，春江水暖鸭先知"，寥寥数字，生动有致，可谓善于体贴物情，是一种达。"三过门间老病死，一弹指顷去来今"，十四字达尽感慨之情，深入浅出。"有如兔走鹰隼落，骏马下注千丈坡"，借用修辞手段写水一泻千里奔放之势，也是一种达。达不只是达意，不但在说理方面。在抒情、描写方面都求达，即是表现力。即以语言作为工具而表现物象、表现情绪、表现思想的意思。

三、多妙悟。苏轼诗多妙悟，含哲理，有理趣。他以诗人的眼光、诗人的感受能力观察世界，了解人生生活，有许多妙悟。例如"横看成岭侧成峰，远近高低各不同。不识庐山真面目，只缘身在此山中"（《题西林壁》），在山景的形象描绘中寄寓着耐人寻味的理趣，实精辟妙悟之言。"人生到处知何似，应似飞鸿踏雪泥。泥上偶然留指爪，鸿飞那复计东西"（《和子由渑池怀旧》），以鸿飞来比

◆蘧，qú。

◆《春渚记闻》：应为"《春渚纪闻》"。

◆去来今：佛教语，指过去、未来、现在。

◆飞鸿：指鸿雁，大雁。

人生之际遇，这就并非诉诸感情，而是托于哲理了。苏轼主张自我解放，游于物外。他对于艺术包括诗的见解，不以求形似为满足，而要"得自然之数，不差毫末，出新意于法度之中，寄妙理于豪放之外"。他推崇吴道子，更赞扬"摩诘得之于象外"。得于象外，便能够自由解放。沈氏所谓"等于天马脱羁，飞仙游戏"，即是诗意不受题材拘束，能求得象外的真理，而妙悟也须如此。宋诗使人悟理，唐诗动人感情。我们读苏诗，获得许多智慧。"自言静中阅世俗，有如不饮观酒狂。""吾虽不善书，晓书莫如我。苟能通其意，常谓不学可。"凡此均似得道言者，其所谓道，即象外、物外，超旷之道，亦即庄子之道。而此道与诗相通，与书画艺术亦相通也。

　　苏轼观物之妙，求物之妙，于日常现实生活的小事物中，发挥其人生哲学，于诗中往往发出其对事物的妙悟，也就是深微的理解。苏诗亦多议论，并不干枯，而是高超旷达的。他用艺术家的态度，爱好人生，摆脱功名富贵的追求，引导读者爱好自然与艺术。

　　四、善比喻。苏诗长于比喻，且立意新奇，不落前人窠臼。前述《题西林壁》以观庐山整体设喻，寓发新意。《和子由渑池怀旧》以"雪泥鸿爪"喻人生境遇，已成千古绝唱。苏轼有许多写西湖诗作，如"欲把西湖比西子，淡妆浓抹总相宜"，十分通俗、亲切，千百年来成为吟西湖的定评之作，再如"春风如系马，未动意先驰。西湖

◆摩诘：即王维，字摩诘，号摩诘居士。

◆定评：确定的评论。

◆系马：在马厩内系养的良马。

忽破碎，鸟落鱼动镜""微风万顷靴纹细，断霞半空鱼尾赤""船上看山如走马，倏忽过去数百群""岭上晴云披絮帽，树头初日挂铜钲"。有静看，有动观，山如马，湖如镜，晴云如絮帽，初日如铜锣，喻义贴切，栩栩如生。再看《百步洪》诗中"长洪斗落生跳坡，轻舟南下如投梭。水师绝叫凫雁起，乱石一线争磋磨。有如兔走鹰隼落，骏马下注千丈坡。断弦离柱箭脱手，飞电过隙珠翻荷"，诗中一连串的生动比喻也令人赞叹不已。

五、诙谐。有人说苏轼"嬉笑怒骂皆成文章"。苏轼的人生观是达观主义的，他襟怀旷达，写起诗来"触处生春"，妙语诙谐。石苍舒喜欢写字，筑醉墨堂，日夕学书，草书颇有成就，请苏轼作诗论书法。苏轼送他诗曰："人生识字忧患始，姓名粗记可以休。"借项梁告诫项羽书不足学的故事幽默地开了头，诗结尾说"不须临池更苦学，完取绢素充衾绸"。又很风趣地说，不须像张芝那样在绢帛上苦练书法，可以用绢来作被褥。苏轼以花甲之年谪居海南之儋耳，难得肉食，人很清瘦，得知同遭贬谪的弟弟人也很瘦，于是作《闻子由瘦》一诗云："海康别驾复何为？帽宽带落惊童仆。相看会作两臞仙，还乡足可骑黄鹄。"达观坦然，机趣横生。

六、多用典故。苏轼读书极博，作诗"我诗写我口"，譬如说话一样。因其书卷功夫深，谈吐自雅，多用典故，长人知识。苏轼博学多才，历史掌故、博物知识在诗中运用自如，有书卷气，正如赵

◆ 靴纹：亦作"靴文"。靴皮花纹，形容细波微浪。

◆ 走马：骑马疾驰。比喻匆促，快速。

◆ 水师：船夫。

◆ 飞电：闪电。

◆ "完取绢素充衾绸"：另有"完取绢素充衾裯"一说。

◆ 海康：旧县名。在广东省西南部。隋由徐闻县改称。1994年撤销，改设雷州市。

◆ 臞，qú，同"癯"。体瘦。臞仙：旧时借称身体清瘦而精神矍（jué）铄的老人。旧时文人亦往往以此自称。

◆ 黄鹄：鸟名，神话传说中的一种大鸟。

翼所谓"胸中书卷繁富,又足以供其左旋右抽,无不如志"。

宋人多读书,因此作诗善用典故,而摆脱声色,即宋诗比唐诗朴素,不尚声调铿锵与对偶工整、色彩绚烂的风格,同时却以书史典故充实其间,使不浅俗。苏黄此类作风尤甚。

东坡不能饮酒,所以和李白的醉酒高歌不同,和陶渊明也不一样。同时因为多谈时事怕遭祸,所以他的诗与杜甫的又不同。没有杜甫结合时代大事的忧愤牢骚,也没有李白那样放浪。他的诗在平凡的生活里,触发许多人生的智慧,契合人情,此所以对于后人的影响特大。

苏诗也有缺点:一、说意太尽,缺乏含蓄蕴藉之致(太求达意);二、议论多,诉诸理智,则感情不足;三、用典太多;四、多**步韵**诗,连篇累牍,太轻易。有佳句,不能全篇都好。

（选自《浦江清中国文学史讲义：宋元部分》，
浦江清著，浦汉明、彭书麟整理）

◆步韵：即次韵,作旧体诗方式之一。即依照所和诗中的韵及其用韵的先后次序写诗。

延展阅读

于潜女
[宋] 苏轼

【原文】

青裙缟袂于潜女,两足如霜不穿屦。
䰆(zhā)沙鬒发丝穿柠,蓬沓障前走风雨。
老濞(bì)宫妆传父祖,至今遗民悲故主。
苕溪杨柳初飞絮,照溪画眉渡溪去。
逢郎樵归相媚妩,不信姬姜有齐鲁。

【译文】

　　于潜的女子穿着青黑色的裙子、白色丝绸的上衣,双脚白嫩如霜,赤着脚不穿鞋子。

　　鬒发翘起,像黑丝穿过织布的梭子,头上插着的银栉遮住前额,她们也照常在风雨中奔走。

　　这种头饰装扮源于汉代吴王刘濞时的宫妆,祖辈们代代相传,遗民到现在还怀念旧主。

　　苕溪两旁刚开始有柳絮飞舞,她们照着溪水描画眉毛,后渡溪而去。

　　她们向打柴归来的樵夫展示娇美的姿态,不相信姬姜两姓的贵族美女能比得上她们。

六月二十七日望湖楼醉书五绝（其一）

[宋] 苏轼

【原文】

黑云翻墨未遮山，白雨跳珠乱入船。
卷地风来忽吹散，望湖楼下水如天。

【译文】

黑黑的乌云翻滚着像墨汁一样，但还没有把山遮住。大雨激起的白色水花像跳动的珍珠，到处乱溅，飞入船内。

忽然狂风席地卷来，吹散满天的乌云。望湖楼下的水色和天光一样蔚蓝。

第十三课
苏轼的词

主讲人 浦江清

词最初只是小曲,写男女爱情,写相思、别离或幽会,写都市的繁华、风景的秀美和民间的习俗,是用于浅斟低唱。苏轼推动了词的发展,扩大了词的范围。他以古文的笔调来写诗,又以写诗的笔调来写词,扩大了词的题材和意境。苏轼的词无所不写,吊古伤时,悼亡送别,说理咏史,山水田园或自伤身世,内容广泛,一扫艳词柔靡之陋。东坡居士词,"横放杰出,自是曲子中缚不住者"(晁无咎语)。当然他的词也可以歌唱,因为他无论写小令、长调都合于音律,不过也可以不必歌唱的。他只是利用长短句法的流动变化的形式来写抒情诗罢了。这又表现了苏轼的自由解放的性格。我们可以说他的词是脱离音乐的解放诗。

当时,柳永的词是当行本色,婉约而纤丽,苏轼写的则是怀古之类的"大江东去",豪放得使人有"天风海雨逼人"之感(陆放翁语)。《吹剑录》云:

东坡在玉堂日,有幕士善歌,因问:"我词何如柳七?"对曰:"柳郎中词只合十七八女郎,执红牙板,歌'杨柳岸,晓风残月'。

◆晁无咎:即晁补之(1053—1110),字无咎,号归来子。济州巨野(今属山东)人。北宋文学家。

◆柳永(约987—约1053):原名三变,字景庄,后改名永,字耆卿,排行第七,崇安(今福建武夷山市)人。景祐进士。官屯田员外郎。世称"柳七""柳屯田"。

◆幕士:幕僚,古代将帅幕府中参谋、书记等辅助人员。后引申指军政官员署中办理文书及其他助理人员。

◆红牙板:省称"红牙",亦称"红牙拍"。即檀板,因檀木色红质坚,故称。

◆绰，chuò。绰板：击奏体鸣乐器。即拍板，金属制成，音调铿锵有力。

学士词须关西大汉，铜琵琶，铁绰板，唱'大江东去'。"东坡为之绝倒。

这里可以看出苏词、柳词的不同之处。苏轼写词"无意不可入，无事不可言"。他的词从思想内容到艺术风格都发生了变革，开创了一个词派，称为豪放派，与婉约派相对。

最能代表苏轼词作的是《水调歌头·明月几时有》和《念奴娇·赤壁怀古》。先看《水调歌头》：

丙辰中秋，欢饮达旦，大醉。作此篇，兼怀子由。

明月几时有，把酒问青天，不知天上宫阙，今夕是何年。我欲乘风归去，又恐琼楼玉宇，高处不胜寒。起舞弄清影，何似在人间。

转朱阁，低绮户，照无眠。不应有恨，何事长向别时圆。人有悲欢离合，月有阴晴圆缺，此事古难全。但愿人长久，千里共婵娟。

写月夜醉后的心情。由月的神话故事，幻想乘风归去，自比如李白之为谪仙人。先是感叹人生苦闷、渴求解放的心怀。此后转到"又恐琼楼玉宇，高处不胜寒"，不若留在人间，表示对于人生的依恋，热爱此生，并不羡慕神仙，脱离现实（亦比《赤壁赋》中的思想）。下半阕咏月，从月的阴晴圆缺，比人生的悲欢离合，而以此事古难全为安慰。通彻于物理人情，然后得到超然的旷达的情怀。最后表示兄弟的永久怀念，互祝健康，"千里共婵娟"。此篇是对月怀人的最佳之作。曲折奔放，说理抒情兼胜。再看下一首《念奴娇·赤壁怀古》：

　　大江东去，浪淘尽、千古风流人物。故垒西边，人道是，三国周郎赤壁。乱石穿空，惊涛拍岸，卷起千堆雪。江山如画，一时多少豪杰！

　　遥想公瑾当年，小乔初嫁了，雄姿英发。羽扇纶巾，谈笑间、樯橹灰飞烟灭。故国神游，多情应笑我，早生华发。人间如梦，一尊还酹江月。

◆一尊还酹江月：另有"一樽还酹江月"一说。

《念奴娇》一词，同《赤壁赋》。开头"大江东去，浪淘尽、千古风流人物"，豪放之至（关汉卿《单刀会》曾采用其词句）。"乱石穿空"五句，把长江风景概括写出，气势浩瀚。接着由怀古而思今，思古人而不见，叹今吾之易老。山川地理、历史人物、个人感想都融合在此篇中。吊古豪情逸致，一洗浅斟低唱脂粉气之陋。此类胸襟，非柳耆卿所能作。在这词里突出表现了东坡自己的形象、伟大的诗人的形象。

此二词，均接近于李白的诗。

人民热爱李白那样的诗人，同样也热爱苏轼那样的诗人。积极的浪漫主义是他们共同的特点。苏轼与李白不同的，李白有求仙思想，有建功立业、功成身退的思想；苏轼则不同，在诗词中处处表现其受仕宦的羁绊，而要求在苦闷中求解放耳。《临江仙·夜归临皋》词中云："长恨此身非我有，何时忘却营营。夜阑风静縠纹平。小舟从此逝，江海寄余生。"期待解脱而获得精神自由是何等迫切。

◆临皋：即临皋亭，在黄州（今湖北黄冈市黄州区）南长江岸边。

苏轼词气韵沉雄豪放❶，突破了"花间派"的表现形式，也突破了它的描写内容。所以，有人说他的词"一洗绮罗香泽之态，摆脱绸缪宛转之度，使人登高望远，举首高歌，而逸怀浩气，超然乎尘垢之外。于是《花间》为皂隶，而耆卿为舆台矣"（胡寅《题酒边词》）。但也因此被目为"别格"，《四库提要》说：

> 词自晚唐五代以来，以清切婉丽为宗，至柳永而一变，如诗家之有白居易；至苏轼而一变，如诗家之有韩愈，遂开南宋辛弃疾等一派。寻源溯流，不能不谓之别格；然谓之不工则不可。

李清照批评苏词为"句读不葺之诗"。连出自苏门的陈师道也谓"子瞻以诗为词，如教坊雷大使子舞，虽极天下之工，要非本色"（《后山诗话》）。此局限于词为音乐小曲的词律派的见解，非笃论也。

但东坡词亦非一味豪放，也有极细腻、婉约的词。如《水龙吟·次韵章质夫杨花词》：

> 似花还似非花，也无人惜从教坠。抛家傍路，思量却是，无情有思。萦损柔肠，困酣娇眼，欲开还闭。梦随风万里，寻郎去处，又还被莺呼起。
>
> 不恨此花飞尽，恨西园、落红难缀。晓来雨过，遗踪何在？一池萍碎。春色三分，二分

◆舆台：古代十等人中舆为第六等，台为第十等。泛指地位低微的人。

◆葺，qì，用茅草覆盖房屋。也泛指修理房屋。此处引申为修饰、修整之意。句读不葺之诗：是李清照《词论》中评语，意思是苏轼的词是句子长短不齐的诗。

◆陈师道（1053—1102）：字履常、无己，号后山居士，徐州彭城（今江苏徐州）人。北宋诗人。

◆"如教坊雷大使子舞"：另有"如教坊雷大使之舞"一说。

◆章质夫：即章楶（jié）（1027—1102），字质夫，建州浦城（今属福建）人。北宋诗人。

---

❶ 见课后延展阅读：《江城子·密州出猎》。

第十三课　苏轼的词

尘土，一分流水。细看来，不是杨花点点，是离人泪。

前半阕非常工细，后半阕大方、概括，仍细致。"春色三分，二分尘土，一分流水。细看来，不是杨花点点，是离人泪。"声韵谐婉，凄婉动人，比章质夫原作还好。对比之下，原作反显得有"线绣工夫"（《曲洧旧闻》），所以，王国维《人间词话》说："东坡《水龙吟》咏杨花，和韵而似原唱。章质夫词，原唱而似和韵。才之不可强也如是！"此外，还有《洞仙歌》《贺新郎》。前者据苏轼自序，是他早年闻一老尼诵孟昶与花蕊夫人避暑于摩诃池上所作词二句，因足成之。"绣帘开，一点明月窥人；人未寝，欹枕钗横鬓乱。"亦旖旎风光之至（关于此词，可参考《阳春白雪》《乐府余论》《墨庄后录》《词综》诸书）。《贺新郎》"乳燕飞华屋"写闺情。前半阕写夏景，后半阕咏榴花，借以表达美人迟暮之感，亦细致（《古今诗话》谓此词是苏轼为官伎解围之作，《苕溪渔隐丛话》力驳其非）。此皆词的传统内容，而稍稍提高它的本质，大方浑厚，不伤纤巧。在这些词中也见到他的自然不羁的风格。

苏词除豪放外，又见清新。如《江城子》"天涯流落思无穷"首；《蝶恋花》"花褪残红青杏小""簌簌无风花自堕"；《卜算子》[1]咏雁，比兴深微，境界很高。

写到农民生活的，有几首《浣溪沙》"麻叶层

◆摩诃池：又名龙跃池、宣华池。隋朝益州刺史杨秀取土筑城形成一个大坑，唐代开始蓄水并联通水渠。前蜀时，将摩诃池纳入宫苑。

◆欹，qī，斜，倾斜。

◆旖，yǐ。旎，nǐ。旖旎：本为旌旗随风飘扬貌，引申为婉转柔顺貌。

---

[1] 见课后延展阅读：《卜算子·黄州定慧院寓居作》。

◆苘，qǐng，指苘麻。一年生草本植物，茎皮多纤维，叶子大，心脏形，密生柔毛。花黄色。茎皮纤维可用来制绳索或织麻袋，种子可入药。

层苘叶光""簌簌衣巾落枣花"等，清新优美，情景交融。

怀念欧阳修的，有《醉翁操》（琴曲）；悼念他的妻子的，有《江城子》"十年生死两茫茫"；而寄怀子由的，还有不少首词，都是情感真挚的抒情小曲。

苏轼于词中不用典故。纯粹抒情，比他的诗更能深入浅出，容易理解与欣赏。

苏轼开创了豪放词派，他的词影响了南宋的爱国词人辛弃疾，两人并称为"苏辛"。

苏轼的词集叫《东坡词》，有《宋六十名家词》本一卷；又名《东坡乐府》，有《四印斋所刻词》本二卷及《彊村丛书》本三卷。

（选自《浦江清中国文学史讲义：宋元部分》，浦江清著，浦汉明、彭书麟整理）

延展阅读

江城子·密州出猎
[宋]苏轼

【原文】

老夫聊发少年狂，左牵黄，右擎苍，锦帽貂裘，千骑卷平冈。为报倾城随太守，亲射虎，看孙郎。　酒酣胸胆尚开张。鬓微霜，又何妨！持节云中，何日遣冯唐？会挽雕弓如满月，西北望，射天狼。

【译文】

老夫我姑且抒发一下少年的豪情，左手牵着黄狗，右臂架着苍鹰，头戴锦帽，身穿貂皮大衣，率领众多随从骑着马席卷平坦的山冈。为了报答全城的人随观我打猎，我要亲手射杀老虎，让大家看到当年孙权射虎的情形。　我畅饮美酒，胸怀开阔，胆气横生，即使两鬓稍稍发白，又有什么关系呢？朝廷什么时候才能派人来赦免我？就像汉文帝派遣冯唐拿着符节赦免云中郡太守魏尚。我一定使尽力气拉满雕弓，使之呈现满月状，瞄准西北方，射向代表西夏的天狼星。

卜算子·黄州定慧院寓居作
[宋]苏轼

【原文】

缺月挂疏桐,漏断人初静。谁见幽人独往来,缥缈孤鸿影。 惊起却回头,有恨无人省。拣尽寒枝不肯栖,寂寞沙洲冷。

【译文】

一钩弯月挂在梧桐树的树梢,漏壶已尽夜已深,人们刚刚静下来。常常看到幽居的人独来独往,隐约看到孤单的大雁影子。 忽然受到惊吓,飞起又向后转头,心中的愁怨没有人知晓。挑尽所有凋零的树枝还是不肯栖息,甘愿归宿在寂寞寒冷的沙洲。

第十四课
李清照

主讲人 浦江清

　　李清照（1082—1140?），济南（今属山东）人，自号易安居士，是北宋末年文学修养最高的女作家。能词，能诗，也能作古文和骈文。父亲李格非，是有名的古文家，母亲是状元王拱辰的孙女，亦善文，她从小就生活在一个文学气氛很浓的环境里。

　　李清照年十八嫁赵明诚（太学生，山东诸城人），赵父挺之也是文人，官位很高。夫妇二人感情相得，时游相国寺，市碑帖。其时家境不甚宽裕，节衣缩食，市书籍碑帖，研究金石历史。明诚亦有文才，但诗词不如清照，清照曾于重阳日作《醉花阴》词，明诚亦为数十首，以示客，客称其中三句绝佳，正清照所作也。其后，赵挺之为宰相，排斥元祐党人，格非以党籍罢，清照上诗挺之，有"何况人间父子情"之句，颇为哀怨。明诚后屏居乡里十年，二人同作钞书、校勘金石工作。后明诚赴青州、莱州做官。靖康之变，明诚奔母丧于金陵。其年十二月，金人陷青州，十余屋书籍被焚毁，仅携出于金陵之书物尚存。建炎二年（公元1128年），明诚为江宁府，清照亦在江宁。常值天大雪，顶笠披蓑，循城远览，作诗词，邀明诚赓和。翌年明诚罢官，将赴江西，起

◆1082：李清照生年应为"1084年"。

◆1140?：李清照卒年应为"约1155年"。

◆王拱辰（1012—1085）：原名拱寿，字君贶，开封咸平（今河南开封市通许县北）人。宋仁宗天圣八年（1030）登庚午科状元，北宋诗人。

◆屏居：退居；隐居。

◆赓和：续用他人原韵或题意唱和。

◆ "白日正中，叹庞翁之机敏"：此处用了"庞蕴机捷"的典故。"庞蕴机捷"出自宋释道原《景德传灯录》。后世以此比喻亡逝。

◆ "坚城自堕，怜杞妇之悲深"：此处用了孟姜女的典故。杞妇，即孟姜，春秋时齐国大夫杞梁之妻，姜姓，字孟。

◆ 越州：州名，治会稽（今浙江绍兴市，唐后分置山阴），时高宗逃亡至此，故称行在。

◆ 《浯溪中兴颂碑和张文潜》：另有"《浯溪中兴颂诗和张文潜》"一说。

湖州，诏赴行在，清照居池阳，与之别。明诚赴行在（建康），病卒（公元1129年）。时清照年四十八。为文祭之，中有"白日正中，叹庞翁之机敏。坚城自堕，怜杞妇之悲深"之句。葬明诚讫，清照欲赴洪州，因张飞卿玉壶事被谤，赴越州行在。（金人破洪州，书物散失。）清照赴台州、衢州，最后定居杭州。

约在1134年顷，作《〈金石录〉后序》，时年五十二三。明诚《金石录》一书为宋代学术界之名著，《后序》详记夫妇二人早年之生活嗜好，及后遭逢离乱，金石书画由聚而散之情形，不胜死生新旧之感，一文情并茂之佳作也。赵李事迹，《宋史》失之简略，赖此文而传，可以当一篇合传读，故此文体例虽属于序跋类，以内容而论，亦同自叙文。清照本长于四六，此文却用散笔，自叙经历，随笔题写，其晚景凄苦郁闷，非为文而造情者，故不求其工而文自工也。

清照代表北宋时期文学修养最高的妇女，为中国文学史上有名的女作家，可比班昭、左芬一流人物。虽以词著名，亦善诗[1]、四六、古文，惜其四六与诗皆散失，零篇断句见于宋人书籍中，有《浯溪中兴颂碑和张文潜》诗等。见清人俞正燮所辑《易安居士事辑》一文（见其《癸巳类稿》）及四印斋《漱玉词》的附录。

李清照有《词论》，见《苕溪渔隐丛话》一书，她说：

---

[1] 见课后延展阅读：《夏日绝句》。

第十四课 李清照

　　逮至本朝，礼乐文武大备，又涵养百余年，始有柳屯田永者，变旧声，作新声，出《乐章集》，大得声称于世，虽协音律，而词语尘下。又有张子野、宋子京兄弟、沈唐、元绛、晁次膺辈继出，虽时时有妙语，而破碎何足名家。至晏元献、欧阳永叔、苏子瞻，学际天人，作为小歌词，直如酌蠡水于大海，然皆句读不葺之诗尔，又往往不协音律者。……王介甫、曾子固，文章似西汉，若作一小歌词，则人必绝倒，不可读也。乃知词别是一家，知之者少。后晏叔原、贺方回、秦少游、黄鲁直出，始能知之。又晏苦无铺叙，贺苦少典重，秦即专主情致而少故实，譬如贫家美女，虽极妍丽丰逸，而终乏富贵态。黄即尚故实而多疵病，譬如良玉有瑕，价自减半矣。

　　她对名家都有所批评，非常中肯。她重视音律，要求词音调好，内容新。她作词，能兼众家之长，用浅俗之语，发清新之思。与苏轼的"达""畅"相同。她的词有生活内容，有真感情。她久经丧乱，在她的词中反映了南渡前后一般人民的痛苦流亡的生活。她的代表作有《如梦令》"昨夜雨疏风骤"[1]、《一剪梅》"红藕香残玉簟秋"、《声声慢》"寻寻觅觅"、《醉花阴》"薄雾浓云愁永昼"等。《声声慢》写秋日黄昏时的孤寂，感情深沉，明白晓畅，近于豪放。《醉花阴》写重九，最后三句"莫道不销

◆张子野：即张先（990—1078），字子野。

◆宋子京：即宋祁（998—1061），字子京。与哥哥宋庠（xiáng）（996—1066）并有文名，时称"二宋"。

◆晁次膺：即晁端礼（生卒年不详），字次膺。

◆晏元献：即晏殊（991—1055），字同叔，谥号"元献"。

◆蠡，lí，瓢。

◆王介甫：即王安石（1021—1086），字介甫。

◆曾子固：即曾巩（1019—1083），字子固。

◆晏叔原：即晏幾道（1038—1110），字叔原。晏殊第七子。

◆贺方回：即贺铸（1052—1125），字方回。

◆秦少游：即秦观（1049—1100），字少游。

◆妍丽：应作"妍丽"。

◆疵病：缺点；毛病。

---

[1] 见课后延展阅读：《如梦令·昨夜雨疏风骤》。

- ◆落日镕金：另有"落日熔金"一说。
- ◆梅：此处指乐曲《梅花落》。吹梅笛怨：用笛子吹奏《梅花落》，其声哀怨。
- ◆三五：指农历每月十五日。此处指正月十五元宵节。
- ◆铺翠冠儿：用翠羽装饰的帽子。
- ◆捻金雪柳：用金线捻丝制成的头饰。

魂，帘卷西风，人比黄花瘦"为人们广泛传诵。清照晚年在杭忆旧之作有《永遇乐》，颇为凄婉：

> 落日镕金，暮云合璧，人在何处？染柳烟浓，吹梅笛怨，春意知几许！元宵佳节，融和天气，次第岂无风雨？来相召，香车宝马，谢他酒朋诗侣。　　中州盛日，闺门多暇，记得偏重三五。铺翠冠儿，捻金雪柳，簇带争济楚。如今憔悴，风鬟雾鬓，怕见夜间出去。不如向帘儿底下，听人笑语。

此词下半阕是怀念中州元宵佳节盛况，叹中州沦陷，遭遇乱离，写个人晚年凄寂心境。写东都的旧日繁华，其间包含有一定的爱国情绪。

清照词甚少标题，难于编年。此首可知为晚年作品，其他不易确定。

宋代女词人，在北宋有曾布妻魏夫人，在南宋有朱淑真（有《断肠词》）。以清照词作最多，成就亦最高。

在文学史上的女作家有班昭、蔡琰、左芬、鲍令晖、薛涛等（唐以前），宋以后有弹词、戏曲作家数人。诗文词作者虽众，杰出者不多。

关于李清照生年（公元1082年），依俞正燮元符二年年十八之论。刘大杰《中国文学发展史》为1081年。另据《〈金石录〉后序》中"陆机作赋"二句之解释，建中辛巳（公元1101年），如此年清照十八岁，则生于1084年。

（选自《浦江清中国文学史讲义：宋元部分》，
浦江清著，浦汉明、彭书麟整理）

> 延展阅读

夏日绝句
[宋] 李清照

【原文】

生当作人杰，死亦为鬼雄。
至今思项羽，不肯过江东。

【译文】

活着的时候就应该做人中的豪杰，死了也要做鬼中的英雄。人们到现在还怀念项羽，是因为他宁可自杀也不肯渡江苟活的英雄气概。

如梦令·昨夜雨疏风骤
[宋] 李清照

【原文】

昨夜雨疏风骤，浓睡不消残酒。试问卷帘人，却道海棠依旧。知否？知否？应是绿肥红瘦。

【译文】

昨天夜里雨下得不大，但风刮得很猛。沉沉地酣睡一夜，但醉意仍未全部消散。试着问询正在卷窗帘的侍女，她却说海棠花依然和以前一样。你知道吗？你知道吗？应该是叶子更舒展繁茂，花儿更稀少凋零。

主讲人 浦江清

第十五课
陆游的诗词

◆ 曾几：即曾幾（1084—1166），字吉甫，号茶山居士，赣州（今属江西）人，徙居河南（治今河南洛阳市），南宋诗人。陆游曾从他学诗。

◆ 孱，chán，弱小，衰弱。

◆ "四十从戎驻南郑"是指：宋孝宗乾道八年（1172），陆游应四川宣抚使王炎之邀，赴汉中（今属陕西）任职，做幕僚，投身军旅生活。但此时陆游四十八岁，这里取整数。南郑，即指汉中。

◆ 打球：指打马球，南宋时作为军事训练项目之一，十分盛行。

◆ 步：古代长度单位，历代不一。周代以八尺为步，秦代以六尺为步。一千步：形容球场十分开阔。

陆游在十二三岁时就能写诗文，二十岁前喜欢陶渊明、王维的诗。1155年曾几提点浙东刑狱，游曾从其游。曾几为江西诗派诗人，因此人或谓陆游亦出于江西诗派。实则不然。陆游的诗作是兼各名家之长，豪放而畅达。早期虽受到一点影响，但陆游的诗和江西诗派是不同的。入蜀以后，眼界扩大，创作成熟，接近杜甫风格。《九月一日夜读诗稿有感走笔作歌》云：

我昔学诗未有得，残余未免从人乞。力孱气馁心自知，妄取虚名有惭色。四十从戎驻南郑，酣宴军中夜连日。打球筑场一千步，阅马列厩三万匹。华灯纵博声满楼，宝钗艳舞光照席；琵琶弦急冰雹乱，羯鼓手匀风雨疾。诗家三昧忽见前，屈贾在眼元历历。天机云锦用在我，剪裁妙处非刀尺。世间才杰固不乏，秋毫未合天地隔。放翁老死何足论，广陵散绝还堪惜。

自述其诗由于军戎生活的豪放跌宕，自言有独到处（散绝堪惜）。

放翁诗在宋诗中，出苏、黄之外，最近杜甫。

由于时代背景及在蜀中八九年之生活，其遇王炎、范成大颇似杜甫之遇严武。所不同者，杜甫有出入贼中一段生活，亲身经历战争，并且看到唐室恢复。陆游处于敌我对峙之环境中，一直在鼓吹反攻，抱着杀敌、恢复统一和平的愿望而达不到，常致悲愤与慨叹。

陆游诗中一直贯穿着爱国主义思想。陆游为南宋代表诗人，主要是能反映南宋时代的社会现实，在诗歌中抒发爱国家、爱人民的感情。他是自始至终念念不忘恢复中原、收复失地的歌唱者。他有这种精神，是由于他一生下来就遭逢战乱。他虽然籍贯在山阴，可是祖父、父亲都生活在中州，而是在战乱时被迫迁到南方的。他在《三山杜门作歌》（之一）诗中写道：

　　我生学步逢丧乱，家在中原厌奔窜。
　　淮边夜闻贼马嘶，跳去不待鸡号旦。
　　人怀一饼草间伏，往往经旬不炊爨。
　　呜呼，乱定百口俱得全，孰为此者宁非天？

后来随着年龄阅历的增长，爱国主义思想日益深厚。他的强烈的爱国思想最充分地表现在他的诗中。

陆游念念不忘中原的人民，他觉得中国应该是统一的："四海一家天历数，两河百郡宋山川。"（《感愤》）每当冬尽春来的时候，他就遥望着北方辽阔的原野：

　　京洛雪消春又动，永昌陵上草芊芊。

（《感愤》）

他常常幻想着有一天能够击败金人，恢复中原的

◆跳：同"逃"。

◆爨，cuàn，灶。炊爨：烧火煮饭。

◆永昌陵：宋太祖赵匡胤的陵寝。位于今河南巩义市坞罗河南侧、西村北。

◆芊芊：草木茂盛的样子。

◆ 霜毛：形容羽毛洁白，指白色羽毛。

◆ "花间饮水勿饮酒"：应为"花前饮水勿饮酒"。

◆ 八荒：八方荒远之地。

疆土：

  三更穷虏送降款，天明积甲如丘陵。
  中华初识汗血马，东夷再贡霜毛鹰。
  群阴伏，太阳升。胡无人，宋中兴！
         ——《胡无人》

他在战乱连年的时候看到小孩子学写字读书，儿女骨肉之情使他想到中国统一后的和平生活："从今父子见太平，花间饮水勿饮酒。"（《喜小儿辈到行在》）

  诗人陆游怀抱着国家统一的希望，且强烈地表达了以身许国、建立功勋的愿望："呜呼，楚虽三户能亡秦，岂有堂堂中国空无人！"（《金错刀行》）感激豪宕，具有胜利的信心，非常乐观。

  但是，南宋统治者只苟安于小朝廷的享乐，根本没有想到要收复失地，陆游沉痛地说道："遗民泪尽胡尘里，南望王师又一年！"（《秋夜将晓，出篱门迎凉有感》）尤其是中晚年的时候，看的事情多了，更引起他的悲愤：

  青山不减年年恨，白发无端日日生。（《塔子矶》）

  丈夫五十功未立，提刀独立顾八荒。（《金错刀行》）

  刘琨死后无奇士，独听荒鸡泪满衣！（《夜归偶怀故人独孤景略》）

  塞上长城空自许，镜中衰鬓已先斑。（《书愤》[1]）

---

[1] 见课后延展阅读：《书愤》。

这些诗句充分表明了一个爱国志士抑郁悲愤的心情。同时，陆游更是有战斗性的，他写了很多讽刺诗，对苟安现状、不思进取的上层人士极为愤慨，《前有樽酒行》中云：

> 绿酒盎盎盈芳樽，清歌袅袅留行云。
> 美人千金织宝裙，水沉龙脑作燎焚。
> ……
> 诸人但欲口击贼，茫茫九原谁可作！

鞭挞了苟安享乐的士大夫，诗人接着写道：

> 丈夫可为酒色死？战场横尸胜床笫。
> 华堂乐饮自有时，少待擒胡献天子。

◆ 笫，zǐ，床上竹编的垫子，亦为床的代称。床笫：床铺，引申指闺房之内或夫妻之间。

陆游对南宋统治者不思北伐、苟且偷安也表达了失望和愤慨之情，如《醉歌》：

> 学剑四十年，虏血未染锷。
> 不得为长虹，万丈扫寥廓；
> 又不为疾风，六月送飞雹。
> 战马死槽枥，公卿守和约，
> 穷边指淮泚，异域视京洛。

及到"如今老且病，鬓秃牙齿落"。真是"仰天少吐气，饿死实差乐"了。

◆ "公卿守和约"是指：南宋与金国共签订三次大的和议：绍兴十一年（1141）签订"绍兴和议"，宋对金称臣；隆兴二年（1164）签订"隆兴和议"，宋、金为侄叔之国；嘉定元年（1208）签订"嘉定和议"，金、宋改称伯侄之国。

但是，陆游的愿望并没有实现，眼前祖国分裂，北中国人民遭受金统治者的残酷迫害，眼见耽误了岁月，他写下了许多愤慨、悲叹的诗："容身有禄愧满颜，灭贼无期泪横臆。"（《晓叹》）"诸公尚守和亲策，志士虚捐少壮年！"（《感愤》）真切于他的时代，极可感人。此外，像《寒夜歌》《陇头水》《书愤》《追感往事》等都属于这一类诗歌。

陆游的爱国心始终未衰,直到临死,还写下了《示儿》诗,嘱咐子女"王师北定中原日,家祭无忘告乃翁"。

深厚的爱国主义思想是陆游诗歌的基础。

其次,陆游的诗有许多是反映社会和农民生活的。

陆游曾长期生活在农村,他向往着纯朴的农家生活,他写出了农家生活的健康和可爱,这方面的诗歌很富有人情味,如:

莫笑农家腊酒浑,丰年留客足鸡豚。
山重水复疑无路,柳暗花明又一村。
箫鼓追随春社近,衣冠简朴古风存。
从今若许闲乘月,拄杖无时夜叩门。
——《游山西村》

暮沟上阪到山家,牧竖謈门两鬓丫。
蓐火正红煨芋熟,岂知新贵筑堤沙?
——《夜投山家》

这些诗的风格很像陶渊明。但他同时也注意到农家疾苦,同情农民的痛苦遭遇,抗议官家对农民的过分剥削,表现了他的人道主义思想。《农家叹》《十月二十八日夜风雨大作》《书叹》等诗写农民的痛苦。税收迫得他们不能生存:"门前谁剥啄?县吏征租声。一身入县庭,日夜穷笞榜,人孰不惮死?自计无由生。"(《农家叹》)水灾害得他们不能收获:"岂惟涨沟溪,势已卷平陆。辛勤艺宿麦,所望明年熟;一饱正自艰,五穷故相逐。南

◆春社:古时在立春后第五个戊日祭祀土神。

◆牧竖:即牧童。
◆謈,yìng,同"应"。謈门:候门。

◆剥啄:拟声词,敲门声。

◆"日夜穷答榜":应为"日夜穷笞榜"。

◆笞,chī。榜,péng,通"搒"。笞榜:即笞搒,指拷打。

第十五课 陆游的诗词

邻更可念，布被冬未赎，明朝甑复空，母子相持哭！"（《十月二十八日夜风雨大作》）农民受尽残酷的剥削，"有司或苛取，兼并亦豪夺"，诗人很愤慨地说："政本在养民，此论岂迂阔？"（《书叹》）

再次，陆游亦有写与朋友交往的诗，如《送辛幼安殿撰造朝》，可以看出二人交情甚笃。还有诗表现他在婚姻方面的不幸，对真挚爱情的怀念，饱和着诗人的血泪。三十岁时一个偶然的机会在沈园与唐琬相遇，写下了充满怀念、悔恨的《钗头凤》❶，四十多年以后，还凄惨地回忆起来：

> 城上斜阳画角哀，沈园非复旧池台。
> 伤心桥下春波绿，曾是惊鸿照影来！
> ——《沈园》其一

陆游的词称《放翁词》（收于《宋六十名家词》，又见于《四部备要》）。他的词多，风格多变化。最有名的是为唐琬而作的《钗头凤》。此词就形式来讲，相当难填，但诗人做得很成功，从词中可以感受到诗人深挚的感情。《汉宫秋》是英雄的歌唱：

> 羽箭雕弓，忆呼鹰古垒，截虎平川。吹笳暮归野帐，雪压青毡。淋漓醉墨，看龙蛇、飞落蛮笺。人误许，诗情将略，一时才气超然。　　何事又作南来，看重阳药市，元夕灯山。花时万人乐处，敧帽垂鞭。闻歌感旧，尚时时、流涕尊前。君记取：封侯事在，功名不信由天。

---

❶ 见课后延展阅读：《钗头凤》。

◆ 甑，zèng，古代炊具，底部有许多小孔，放在鬲（lì）或鍑（fù）上蒸煮，如同现代的蒸锅。

◆ 辛幼安：即辛弃疾，字幼安。

◆ 殿撰：宋代集贤殿修撰等官，简称"殿撰"。1198年，辛弃疾拜集英殿修撰。

◆ 造朝：朝觐。

◆ 沈园：南宋名园，原是沈姓旧业，故称。位于今浙江绍兴市越城区。

◆《汉宫秋》：应为《汉宫春》。

◆ 醉墨：醉中所作的诗画。

◆ 蛮笺：此处指蜀笺。唐代以来蜀地所造的彩色笺纸。

代表诗人词的豪放雄壮的一面，与辛弃疾词相近。最后两句，并非诗人热心功名富贵，而是要为国家出力，恢复中原。

陆游的一些小令也颇豪壮，写山水的词则很清新。然而词不是他的主要成就，不能和辛弃疾相比。他的主要成就是诗。

陆游的著作很丰富。他有许多散文。《南唐书》是历史著作。《入蜀记》是日记体的笔记，记入蜀的旅程经历，有文学价值，也有史料价值。还有《老学庵笔记》也是杂记。散见的其他文章收入《渭南文集》，文学意味不及他的杂记。其中《书巢记》写其耽书之癖，他住的地方"俯仰四顾，无非书者"，他自己"饮食起居，疾痛呻吟，悲忧愤叹，未尝不与书俱"。有时"间有意欲起，而乱书围之如积槁枝，或至不得行"。因自名之曰"书巢"。《居室记》讲养生之道，他如何饮食起居。他家里的人从曾祖起年皆不满花甲，而他"幸及七十有六，耳目手足未废，可谓过其分矣。然自计平昔于方外养生之说初无所闻，意者日用亦或默与养生者合"。《东篱记》讲他种花，自己掇臭撷玩，朝灌暮锄，"考《本草》以见其性质，探《离骚》以得其族类……间亦吟讽为长谣短章，楚调唐律"。《烟艇记》讲他"得屋二楹，甚隘而深，若小舟然，名之曰'烟艇'"，以寄其"江湖之思"，"意者使吾胸中浩然廓然纳烟云日月之伟观，揽雷霆风雨之奇变，虽坐容膝之室，而常若

◆耽书：酷嗜书籍。

◆掇：拾取；摘取。臭：同"嗅"。掇臭：摘下来闻。

第十五课　陆游的诗词

顺流放棹，瞬息千里者，则安知此室果非烟艇也哉"！此外，《东屯高斋记》是为夔州李氏居杜甫故居高斋而作，感叹杜甫"身愈老命愈大谬，坎壈且死"，羡慕李氏"无少陵之忧，而有其高"，自嗟"仕不能无愧于义，退又无地可耕"。这些皆是富有情致的小品文。

◆高斋：杜甫的书斋名。
◆壈，lǎn，同"廪"。坎壈：即"坎廪"。指困顿；不得志。

（选自《浦江清中国文学史讲义：宋元部分》，浦江清著，浦汉明、彭书麟整理）

延展阅读

书　愤
［宋］陆游

【原文】
早岁那知世事艰，中原北望气如山。
楼船夜雪瓜洲渡，铁马秋风大散关。
塞上长城空自许，镜中衰鬓已先斑。
出师一表真名世，千载谁堪伯仲间！

【译文】
年轻的时候哪里知道世事如此艰难，北望中原，立志收复故乡的气概坚定如山。

曾经在瓜洲痛击金兵，风雪之夜战舰在长江中奔驰；秋风里跨战马亲临大散关前线。

当年以戍边大将檀道济自许，如今从镜子里看到自己已两鬓斑白。

《出师表》名传后世，千百年来谁能像诸葛亮一样收复汉室北定中原！

钗头凤

［宋］陆游

【原文】

红酥手，黄縢酒，满城春色宫墙柳。东风恶，欢情薄。一怀愁绪，几年离索。错、错、错！　春如旧，人空瘦，泪痕红浥鲛绡透。桃花落，闲池阁。山盟虽在，锦书难托。莫、莫、莫！

【译文】

红润酥腻的手里，捧着盛有黄縢酒的杯子。满城荡漾着春天的景色，你却早已像宫墙中的绿柳那般遥不可及。春风多么可恶，欢情被吹得那样稀薄。满杯酒像是一杯忧愁的情绪，离别几年来的生活十分萧索。错，错，错！　美丽的春景依然如旧，只是人却白白相思地消瘦。泪水洗尽脸上的胭脂红，又把薄绸的手帕全都湿透。满春的桃花凋落在寂静空旷的池塘楼阁上。永远相爱的誓言还在，可是锦文书信再也难以交付。莫，莫，莫！

第十六课
辛弃疾的词

主讲人 浦江清

辛弃疾的诗和散文留下的不多，他主要是词人。他的词的创作极为丰富，有六百多首，是古今词人中最丰富多产的。他的词集叫《稼轩长短句》（四印斋所刻词本）或《稼轩词》（《宋六十名家词》）。

辛弃疾平生"以气节自娱，以功业自许"（范开语）。但他的理想并未实现。他的满腔爱国热情无法吐泻，于是悲歌慷慨的心情在词中得到了最为充分的表现。他的词就是他的抱负和纵横的才气在他当时最流行的文艺形式中的表现。

◆"以气节自娱"：应为"以气节自负"。

辛弃疾进一步发展了苏轼所开拓的词的境界，题材极广阔，有抒情，有说理，有怀古，有伤时。笔调是多方面的，无意不可入，无事不可言。悲愤、牢骚、嬉笑怒骂，皆可入词。

稼轩词豪放雄壮，充满爱国思想，有英雄气概[1]，和放翁诗近似，而痛快淋漓，又过于苏轼。辛弃疾"舟次扬州"，回忆当年在此参加抗敌事业的轩昂气概：

落日塞尘起，胡骑猎清秋。汉家组练

◆组练：即"组甲被练"的简称，军士所穿的两种衣甲。引申指精锐的军队。

---

[1] 见课后延展阅读：《破阵子·为陈同甫赋壮词以寄之》。

◆髇，xiāo。鸣髇：响箭。

◆佛，bì。佛狸：北魏太武帝拓跋焘的小名为佛狸，这里以"佛狸"指太武帝。他南侵中原时受挫。

◆季子：即战国时期的苏秦，字季子。苏秦年轻时意气风发，穿着貂裘游说秦王。

◆襜，chān，即襜褕（yú），一种直裾单衣的便服。

◆娖，chuò，整理，整顿。

◆鞬，lù。胡鞬：藏矢的器具，即箭筒。

◆金仆姑：箭名。

◆画檐：有画饰的屋檐。

◆长门事：《昭明文选》中记载，汉武帝皇后陈阿娇失宠，贬居长门宫，听说司马相如善写文章，花费千金请其写得一篇《长门赋》。武帝看到此赋后有所感悟，陈皇后由是再度承宠。但后世学人对《长门赋》的作者和该事件的真实性都提出过质疑。

十万，列舰耸层楼。谁道投鞭飞渡，忆昔鸣髇血污，风雨佛狸愁。季子正年少，匹马黑貂裘。

——《水调歌头》

披貂裘，骑骏马，目睹打败完颜亮的南宋军队军容大盛，辛弃疾对中兴充满希望。而当他回忆年轻时骤马驰金营于数万敌军中生擒叛徒的情景，更是豪情满怀：

壮岁旌旗拥万夫，锦襜突骑渡江初。燕兵夜娖银胡鞬，汉箭朝飞金仆姑。

——《鹧鸪天》

但是壮志难酬，所以辛词更多的则是表现磊落抑塞之气：

更能消几番风雨，匆匆春又归去。惜春长怕花开早，何况落红无数。春且住，见说道、天涯芳草无归路。怨春不语，算只有殷勤、画檐蛛网，尽日惹飞絮。

长门事，准拟佳期又误。蛾眉曾有人妒。千金纵买相如赋，脉脉此情谁诉？君莫舞，君不见玉环飞燕皆尘土。闲愁最苦。休去倚危栏，斜阳正在，烟柳断肠处。

——《摸鱼儿》

国难当头，报国无门，不免发出"烟柳断肠"的哀怨。陈廷焯《白雨斋词话》评曰："词意殊怨，然姿态飞动，极沉郁顿挫之致。起处'更能消'三字是从千回万转后倒折出来，真是有力如虎。"梁启超评云："回肠荡气，至于此极。前无古人，后无来者。"（《艺蘅馆词选》）据罗大经《鹤林玉露》

第十六课 辛弃疾的词

说：宋孝宗看了这首词，虽然没有加罪于辛弃疾，但很不高兴。作为爱国志士，忧怀国事的哀愁，无处倾诉，只有借词宣泄出来。"江南游子，把吴钩看了，栏干拍遍，无人会，登临意。"（《水龙吟》）"郁孤台下清江水，中间多少行人泪！西北望长安，可怜无数山。青山遮不住，毕竟东流去。江晚正愁予，山深闻鹧鸪。"（《菩萨蛮》）前词写英雄无用武之地，直抒胸臆；后词"惜水怨山"（周济《宋四家词选》），登台远望，北方山河，仍在敌手，只有借鹧鸪鸣声来抒发自己羁留后方、壮志未酬的抑塞、苦闷心情了。

在辛弃疾笔下，壮志未酬的愤懑之情也能表现在别词里：

> 绿树听鹈鴃，更那堪、鹧鸪声住，杜鹃声切！啼到春归无寻处，苦恨芳菲都歇。算未抵人间离别：马上琵琶关塞黑，更长门、翠辇辞金阙。看燕燕，送归妾。
>
> 将军百战声名裂，向河梁、回头万里，故人长绝。易水萧萧西风冷，满座衣冠似雪，正壮士悲歌未彻。啼鸟还知如许恨，料不啼清泪长啼血。谁共我，醉明月？
>
> ——《贺新郎》

辛茂嘉是弃疾族弟，因事贬官桂林，辛弃疾写了这首在辛词中很著名的《贺新郎·送茂嘉十二弟》。词与柳永别词风格大不同。连用若干离别典故，竟似一篇小别赋，而以"啼鸟还知如许恨，料不啼清泪长啼血"收住。他把兄弟别情放在家国兴亡的

◆吴钩：古代吴地所造的一种弯刀。后泛指锋利的刀剑。

◆郁孤台：古台名。在今江西赣州市西北隅田螺岭。因郁然孤起，故名。

◆鹈，tí。鴃，jué。鹈鴃：鸟名，即子规，杜鹃。

◆"马上琵琶关塞黑"：此处用了王昭君出塞的典故。

◆"更长门、翠辇辞金阙"：此处用了陈皇后被汉武帝废，幽居长门宫的典故。

◆"看燕燕，送归妾"：此处用了《诗经·燕燕》中庄姜送别戴妫（guī）的典故。

◆"将军百战……故人长绝"：此处用了李陵送别苏武的典故。

◆"易水萧萧……悲歌未彻"：此处用了《战国策》中荆轲刺秦王的典故。

◆《贺新郎·送茂嘉十二弟》：另有"《贺新郎·别茂嘉十二弟》"一说。

◆綮，qìng。肯綮：筋骨结合处，比喻要害、关键的地方。

大背景下来写，借历代英雄美女去国辞乡的恨事，来抒发山河破碎、同胞生离死别的悲情。梁启超指出："算未抵人间离别"句"为全首筋节"（《艺蘅馆词选》）。这是切中肯綮的评论。陈廷焯评曰："稼轩词自以《贺新郎》一篇为冠。沉郁苍凉，跳跃动荡，古今无此笔力。"（《白雨斋词话》）王国维的《人间词话》说："稼轩《贺新郎·送茂嘉十二弟》，章法绝妙，且语语有境界，此能品而几于神者。然非有意为之，故后人不能学也。"

辛弃疾继承了苏轼的豪放一派。不过苏轼的豪放，在思想上是超旷的，类似陶渊明、李白；而辛弃疾的豪放，风格上是雄浑而壮伟，同时沉郁而悲愤。这是辛弃疾所处的时代和他的遭遇所决定的。他有些像词中的杜甫。

◆宝钗分：古代男女分别时，分钗留念，喻夫妇离别。

◆桃叶渡：在今江苏南京市秦淮河畔。相传因东晋书法家王献之与爱妾桃叶在此迎送而得名。

当然，稼轩词也有清新的一面。他的才能是多方面的。他不但善于写回肠荡气、慷慨激昂的壮词，还能写情致缠绵、秾丽绵密的婉词[1]。著名的《祝英台近》就是这方面的代表：

宝钗分，桃叶渡，烟柳暗南浦。怕上层楼，十日九风雨。断肠片片飞红，都无人管，更谁劝、啼莺声住？

◆南浦：南面的水边。典出《楚辞·九歌·河伯》："子交手兮东行，送美人兮南浦。"后常用以称送别之地。

鬓边觑，试把花卜归期，才簪又重数。罗帐灯昏，哽咽梦中语："是他春带愁来，春归何处，却不解、带将愁去。"

深闺女子的相思之情写得细腻传神，温婉清丽，与

◆觑，qù，看，瞧。

---

[1] 见课后延展阅读：《丑奴儿·书博山道中壁》。

第十六课　辛弃疾的词

稼轩大部分词词风迥异。沈谦在他的《填词杂说》里说："稼轩词以激扬奋厉为工；至'宝钗分，桃叶渡'一曲，昵狎温柔，魂销意尽，词人伎俩，真不可测。"这其实正说明辛词风格是多样化的。更可喜的是，在十年退隐的日子里，辛弃疾和农民有了亲密的交往，了解了农民朴素的生活，情感和农民接近了，写了不少清新自然、富有情致的农家生活的词：

◆奋厉：激励；振奋。

> 茅檐低小，溪上青青草。醉里吴音相媚好，白发谁家翁媪？　大儿锄豆溪东，中儿正织鸡笼，最喜小儿无赖，溪头卧剥莲蓬。
> 　　　　　　　　——《清平乐》

◆"最喜小儿无赖"：另有"最喜小儿亡赖"一说。

一幅农家生活画图。此外，像："东家娶妇，西家归女，灯火门前笑语。酿成千顷稻花香，夜夜费一天风露。"（《鹊桥仙》）"父老争言雨水匀，眉头不似去年颦。"（《浣溪沙》）反映了农村温厚的风俗，也分担了农民的欢愁。

◆归女：嫁女儿。

◆颦，pín，皱眉。

辛弃疾善于从前人典籍中学习语言，融入自己词中。如《踏莎行》的：

> 衡门之下可栖迟，日之夕矣牛羊下。

是《诗经》的句子："衡门之下，可以栖迟""日之夕矣，牛羊下括"。又如《水调歌头》：

> 余既滋兰之九畹，又树蕙之百亩，秋菊可餐英。

◆"秋菊可餐英"：应为"秋菊更餐英"。

是《离骚》的句子。《水龙吟》：

> 人不堪忧，一瓢自乐，贤哉回也！料当年曾问：饭蔬饮水，何为是栖栖者？

199

是《论语》的句子。《哨遍·秋水观》全是《庄子》的语句。

苏东坡用诗的笔调来写抒情的词，辛弃疾则用的是散文笔调，加入说理部分，更把词扩大了。他才气横溢，无所不可，这也是词的解放。词就代表辛弃疾的谈吐。

辛词爱用典故，这是前人所极少的，所以有"掉书袋"之讥。用典故自然在旁人理解上增加一些困难，但它可以增加词的表现力。

对辛词的评价，从前不算高，苏辛词是被看作别派的，这是由于囿于词以婉约为宗的说法。其实辛弃疾的成就是很大的，他集词之大成，把词发展到最高峰。他的词是爱国主义的。

辛弃疾的遭遇局限了他，他的词对于生活的反映，不能写得更直接、更明显、更广泛、更丰富，而且用文言、用典故，不能很好结合口语，宜朗诵，不宜歌唱。

辛弃疾的朋友陈亮和刘过的词，风格上都和他相近。陈亮主要是哲学家和政论家，刘过有《龙洲词》，才气不及辛弃疾。

（选自《浦江清中国文学史讲义：宋元部分》，浦江清著，浦汉明、彭书麟整理）

延展阅读

破阵子·为陈同甫赋壮词以寄之
[南宋] 辛弃疾

【原文】

醉里挑灯看剑,梦回吹角连营。八百里分麾下炙,五十弦翻塞外声,沙场秋点兵。 马作的卢飞快,弓如霹雳弦惊。了却君王天下事,赢得生前身后名。可怜白发生!

【译文】

喝醉酒后拨亮油灯查看宝剑,梦里又回到号角声连接在一起的众多军营。把酒食都分赏给部下,悲壮粗犷的军乐鼓舞着众将士的士气。这是秋天的战场上正在阅兵。 战马像的卢一样飞快地奔驰,弓箭像惊雷一样离弦而去。我一心想要替君王完成收复失地的大业,取得生前的功勋,死后留下好的声誉。醉酒醒来,可惜已经两鬓斑白!

丑奴儿·书博山道中壁
[南宋] 辛弃疾

【原文】

少年不识愁滋味,爱上层楼。爱上层楼,为赋新词强说愁。 而今识尽愁滋味,欲说还休。欲说还休,却道"天凉好个秋"。

【译文】

年轻时不懂得愁苦的滋味，喜欢登上高楼。喜欢登上高楼，为写一首新词没有愁苦也要勉强说愁。　　现在尝尽忧愁的滋味，想说愁但又说不出。想说愁但又说不出，只说"好一个凄凉的秋天"。

村 居

主讲人 浦江清

第十七课
唐诗与宋诗的比较

1. 唐诗距离乐府歌曲的时代近，而且也有部分的诗是可以歌唱的。唐诗的声调铿锵响亮，或者婉转抑扬，具有音乐性。宋诗时代，词已发达，诗则脱离歌曲，近于散文的节奏。

2. 唐诗的色彩鲜明，辞藻华丽。形象明朗。宋诗避免绚丽的辞藻，归于平淡。形象同样明朗，但不是着色画，而是水墨画。

3. 唐诗以抒情为主，也有叙事歌曲，以激动人的感情。有强烈的感情，浪漫的情绪。宋诗多说理，词句平易而说理精辟，发人智慧。

4. 唐诗高超，题材不平凡。宋诗以平凡的日常生活为题材。

5. 唐诗尚多比兴，多寄托。兴寄深微，含蓄不尽，因而浑厚。宋诗说理曲折达意。高者沉潜深刻，浅者有太说尽之病，近于散文。

6. 唐诗深入浅出。作者有诗才，非关学力。宋诗多用典故，求其高雅脱俗，因此比较的难懂。

要之，宋诗继唐诗，要求创造性，不能不别求面目。唐宋诗质量不同，作者的思想感情和表现手法有不同之点，但也不能以严格的时代来分。杜

◆ 沉潜：深沉，不外露。

◆ 学力：学问上的造诣，学问上达到的程度。

第十七课　唐诗与宋诗的比较

甫诗已经多用典故，也多议论。但主要用散文风格作诗的是韩愈，摆脱滑熟的音调和美丽的辞藻的是孟东野（郊）。所以韩、孟的诗就有宋诗的风格。而宋代的柯山、白石、九僧、四灵又近唐诗风格，故未可一概论。后来学诗的或学唐诗，或学宋诗，是风格的不同。元遗山《论诗绝句》云："奇外无奇更出奇，一波才动万波随。只知诗到苏黄尽，沧海横流却是谁？"照一般人的看法，诗的变化到苏、黄算是尽了。这是指诗的表现手法，苏、黄又与李、杜不同。后人或学唐，或学宋，难以出奇制胜了。元明清三代的诗（不说词曲，专讲五七言诗），风格上没有多少变化，好像模仿唐宋人的作品似的。说"尽"是指表现手法尽，并不是说题材穷尽。诗的题材当然是无穷的，因为社会在发展变化，人的思想感情也古今不同。

宋诗的风格在北宋时代已经形成，这是和古文运动分不开的。配合古文运动，宋人也以散文的思路作了诗。另外在宋代发展了词。那倒是以抒情为主，有强烈的感情的诗歌，配合着音乐歌唱。词有另外新鲜的通俗的语言，而它的思想感情却又接近了唐诗。

（选自《浦江清中国文学史讲义：宋元部分》，浦江清著，浦汉明、彭书麟整理）

◆柯山：指张耒（lěi）（1054—1114），字文潜，号柯山，楚州淮阴（今江苏淮安市淮阴区）人。北宋诗人，"苏门四学士"之一。

◆白石：指姜夔（kuí）（约1155—1209），字尧章，号白石道人，饶州鄱阳（今属江西）人。南宋词人、音乐家。

◆九僧：指诗僧希昼（生卒年不详）、保暹（xiān）（生卒年不详）、文兆（生卒年不详）、行肇（生卒年不详）、简长（生卒年不详）、惟凤（生卒年不详）、宇昭（生卒年不详）、怀古（生卒年不详）、惠崇（？—1017）等九人。

◆四灵：指南宋诗人徐照（？—1211，字道晖，一字灵晖）、徐玑（1162—1214，字文渊，一字致中，号灵渊）、赵师秀（1170—1219，字紫芝、灵芝，号灵秀）、翁卷（生卒年不详，字续古，一字灵舒），因四人字或号中都有"灵"字，故称。